현대 소환술사

THE MODERN SUMMONER

현대 소환술사 3

현윤 퓨전 판타지

초판 1쇄 찍은 날 § 2015년 6월 19일
초판 1쇄 펴낸 날 § 2015년 6월 26일

지은이 § 현윤
펴낸이 § 서경석

편집책임 § 박은정

펴낸곳 § 도서출판 청어람
등록번호 § 제387-1999-000006호
등록일자 § 1999. 5. 31
어람번호 § 제1-2155호

주소 § 경기도 부천시 원미구 부일로 483번길 40 서경B/D 3F (우) 420-822
전화 § 032-656-4452 팩스 § 032-656-4453
http://www.chungeoram.com
E-mail § chungeorambook@daum.net

ISBN 979-11-04-90285-7 04810
ISBN 979-11-04-90241-3 (세트)

현대 소환술사

THE MODERN SUMMONER

FUSION FANTASTIC STORY

현윤 퓨전 판타지 소설

3

현대 소환술사
THE MODERN SUMMONER

CONTENTS

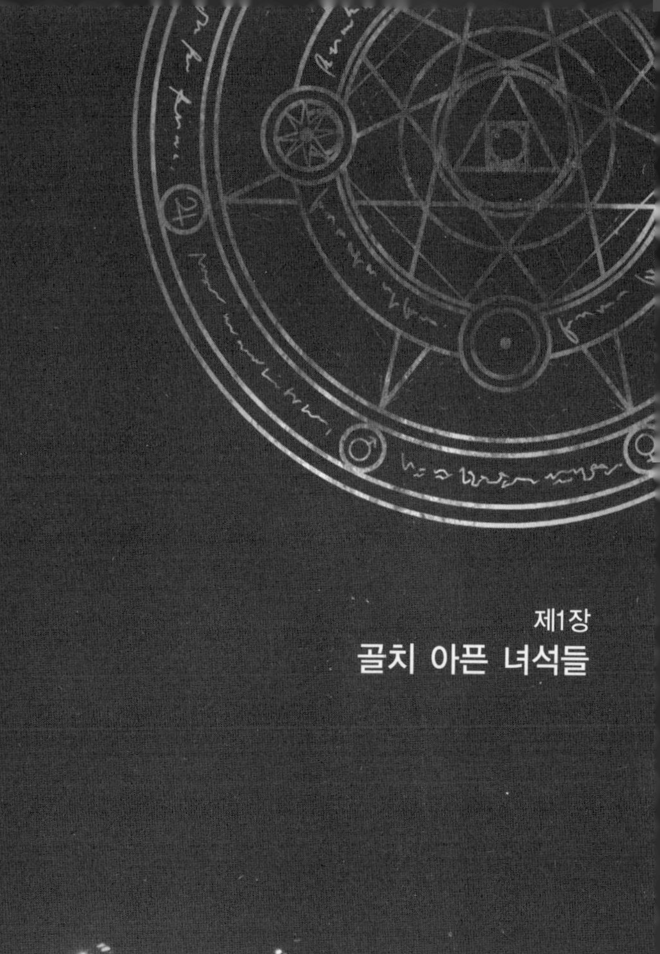

제1장
골치 아픈 녀석들

약 30만 평에 달하는 산지에 강수는 용언으로 만들어진 결계를 쳤다.

드래곤은 나이를 먹어감에 따라 그 호칭이 바뀌는데, 알에서 갓 깨어나 약 1,500살이 되기 전까지를 헤츨링이라고 부른다.

이 헤츨링은 드래곤의 새끼이다.

워낙 강력한 존재인 드래곤이기에 헤츨링이라고 해서 결코 약하지 않다.

그러나 이 헤츨링은 자신보다 강력한 상위 계층의 드래곤이 친 용언의 결계를 벗어날 수가 없다.

이 용언의 결계는 헤츨링이 본능적으로 특정 지역을 벗어날 수 없도록 만든다.

한마디로 드래곤 하트가 가진 채취를 남겨 헤츨링이 도망가지 못하도록 한 것인데, 우연치 않게도 그 작전이 딱 들어맞았다.

그러나 여전히 놈을 잡기엔 상당한 부담이 따랐다.

"…쉽지가 않군."

강수는 만신창이가 되어버린 산을 바라보며 연신 고개를 가로저었다.

그나마 겉보기엔 멀쩡한 산처럼 보이는 홀루지네이션을 걸어놓았기에 망정이지 그렇지 않았으면 벌써 경찰에 군대까지 출동했을 판이다.

헤츨링의 크기는 약 15미터, 성인 드래곤과 비교하자면 거의 아동 수준이라고 볼 수 있다.

하지만 인간의 입장에서는 아동 드래곤을 상대하는 것조차 쉽지가 않다.

랄프는 다 죽어가는 말복을 들쳐 업고 강수를 따라다녔다.

"하필이면 산지에 그린드래곤이라니, 골치 아프게 되었군."

"그러게 말이야. 도대체 저놈은 어디서 기어 나온 거지?"

강수는 한 가지 가설을 세워보았다.

"이건 아주 만약의 얘기지만, 내가 크룩을 소환할 때 놈이 아공간을 뚫고 튀어나왔을 수도 있어."

"아공간을 뚫고 튀어나온다? 그것이 가능한가?"

"불가능할 것도 없지. 저놈도 명색이 드래곤인데."

"흐음……."

강수가 생각하기에 저 그린드래곤 새끼는 아마도 이성이라는 개념을 상실해 버린 것 같았다.

중간계의 관조자인 드래곤이 인간 세계를 저렇게 아무렇게나 휘젓고 다닐 리가 없었다.

아무리 극강의 생명체인 드래곤이라고 해도 인간에게 잘못 붙잡히면 지하 감옥에서 성룡으로 진화할 때까지 썩을 수도 있는 일이다.

그럼에도 불구하고 저런 말도 안 되는 짓거리를 하고 다니다니, 이성을 상실했다고밖에 설명할 길이 없었다.

"만약 저놈이 이성을 잃었다면 잡기가 훨씬 더 어려워진다. 하지만 그와 동시에 잡기 수월하기도 하지."

"잡기가 쉬워진다?"

"생각을 해봐. 저놈은 엔트에 환장한 놈이다. 이성을 잃었는데 물불 가리겠어?"

"하긴, 그렇긴 하군."

"대신 저놈을 잡자면 목숨을 걸어야 해."

"방법이 있겠나?"

"있어."

강수는 나뭇가지로 바닥에 그림을 그렸다. 대략적으로 성인 남성 두 배 정도 되는 토치 모양이다.

"토치?"

"드래곤 구이를 한번 해먹자고."

강수는 다 죽어가는 말복의 상태를 살폈다.

"녀석은 좀 어때?"

"엔트 수액을 맞고 나서 슬슬 회복할 기미를 보이고 있어."

그는 매캐한 연기를 내뿜고 있는 말복의 눈과 입을 이리저리 뒤집어 보았다.

"크륵, 크륵, 헥헥……."

"연기가 나오는 걸을 보니 죽을 고비는 넘긴 모양이군. 좋아, 이 녀석이라면 드래곤 구이를 만들 수도 있겠어."

랄프는 말복을 다시 들쳐 업으며 물었다.

"만약 드래곤 구이가 실패하면 어떻게 되는 건가?"

상당히 심각한 질문이지만 강수는 대수롭지 않게 답했다.

"별수 있나? 다 죽는 거지, 뭐."

"…참 쉽게 말하는군."

"인생 별거 있어? 죽기 아니면 살기지."

"뭐, 틀린 소리는 아니군."

"가자. 놈을 잡지 못하면 이래저래 큰일이 벌어지고 말아."

"후, 알겠다."

강수는 랄프와 말복을 데리고 작업장으로 향했다.

*　　*　　*

그린드래곤의 브레스는 이 세상에서 가장 강력한 맹독성 물질로 이뤄진 가스 형태이다.

이 맹독성 물질의 독가스는 생명체에게 닿는 즉시 형체도 남기지 않고 곧바로 녹여 버린다.

또한 독성 물질이 브레스가 지나간 자리에 꽤 오래 남아 그곳에는 당분간 생명체가 살 수 없게 된다.

만약 그린드래곤 성체가 마음먹고 도시를 공격한다면 인류는 크나큰 위기를 맞이하게 될 것이다.

하지만 이런 무지막지한 드래곤에게도 맹점은 존재하게 마련이다.

브레스는 용언의 집약체로 심장에서 뿜어져 나오는 용언 덩어리라고 할 수 있었다.

한마디로 그린드래곤은 자신의 몸속에서 이 엄청난 유독가스를 뿜어내는 존재이다.

그러나 브레스라곤 해도 결국 가스 형태이기 때문에 불을 붙이면 폭발을 일으킨다.

강수는 이 원리를 이용하여 드래곤을 잡을 생각이다.

결계 밖에서 가지고 온 엔트 묘목을 이곳저곳에 심어놓은 강수는 LPG 가스통에 말복의 유황불을 붙여서 아주 강력한 토치를 만들었다.

여기에 산소 용접기까지 접목시켜 온도를 올렸으니 제아무리 그린드래곤이라도 잘못 걸리면 한 방에 즉사할 수도 있다.

하지만 랄프는 자신이 만든 이 토치를 보며 도저히 신뢰할 수 없다는 표정을 지었다.

"정말 이런 말도 안 되는 작전이 통하긴 할까?"

"안 되면 다 죽는 거지, 뭐."

"후, 참……."

만약 강수가 이번 작전에 실패하면 이곳에 있는 사람은 전부 다 죽을 수도 있었다.

그나마 다행인 것은 성룡이 되려면 족히 3,000년은 기다려야 할 테니 당장 인류가 멸망하는 일은 없을 터이다.

강수는 이제 슬슬 자신이 서 있는 이곳을 향해 그린드래곤이 다가오고 있음을 느꼈다.

사그락사그락!

마치 뱀처럼 나무 사이를 이리저리 미끄러져 기어오는 그린드래곤의 기운은 간담을 서늘하게 만들었다.

"온다."

"후우, 긴장되는군."

"끼, 끼잉……."

말복은 그린드래곤의 몸에서 뿜어져 나오는 드래곤피어에 위축되어 오줌을 지렸다.

아무리 최강의 개과 동물이라곤 해도 드래곤의 채취를 감당할 수 있을 리가 없었다.

강수는 그런 녀석의 머리를 쓰다듬어 주었다.

"할 수 있다. 네가 못하면 우리는 다 죽는 거야."

"끄, 끄응……."

말을 듣지 않는다고 매일 두드려 패기나 하는 주인이지만 그래도 없는 것보다는 나은 모양이다.

그나마 아까보다 훨씬 나아진 표정의 말복이 가까스로 입을 벌린다.

"크르르릉……."

"아직, 아직이다."

그린드래곤이 파먹고 남은 앙상한 가지들 사이로 드디어 녀석이 모습을 드러냈다.

—먹이다. 먹이다.

사그락사그락!

마치 살모사처럼 혀를 날름거리는 드래곤. 아마도 녀석은 진정 이성을 잃어버린 모양이다.

"돌아버렸군. 아마도 아공간을 넘어오면서 뭔가 잘못된 모양이야."

"그래도 놈이 무지막지하다는 것은 변하지 않는 사실이지."

가만히 수풀 뒤에 숨어 있던 강수는 놈이 엔트를 먹어치우기를 기다렸다.

―크아아아아악!

입을 벌려 엔드들을 학살하는 헤츨링. 강수는 이제 때가 되었음을 느꼈다.

"이런 빌어먹을 자식!"

불현듯 자리에서 일어선 강수는 엔트의 수액이 든 통을 들고 무작정 놈을 향해 달려들었다.

―먹이, 먹이!

눈이 뒤집혀 버린 그린드래곤이 강수를 집어삼키기 위해 입을 열었고, 랄프는 그곳을 향해 작살을 발사했다.

"이거나 먹어라!"

끼릭, 퍼엉!

하지만 놈은 작살을 단숨에 튕겨 버렸고, 이내 용언의 집약체인 브레스를 뿜어내기 위한 사전 동작을 실시했다.

"우욱, 우우욱!"

숙련된 성룡이라면 모를까, 아직 브레스를 제대로 다루지 못하는 헤츨링은 이 유독 가스를 뿜어낼 때마다 식도를 개방하느라 약 3~4초간 시간을 잡아먹었다.

"지금이다! 불을 붙여!"

랄프는 LPG통의 벨브를 열고 그 앞에 말복의 입을 가져다 댔다.

"토해! 어서!"

"크아아아앙!"

화르르르르륵!

맹렬한 유황불이 LPG 토치 입구에 안정적으로 자리를 잡자 랄프는 그 뒤에 달린 산소 벨브를 열었다.

슈가가가가가각!

거의 헬파이어와 맞먹는 온도의 토치가 불을 뿜더니 이내 작은 선으로 변했다.

"됐다!"

"지금이야!"

그린드래곤은 강수를 향해 입을 벌렸고, 랄프는 그를 향해 토치를 발사했다.

"죽어라!"

쐐애애애애애앵!

공기를 가르는 듯한 파공성이 들리며 앞으로 뻗어 나간 토치가 드래곤의 입을 타고 화염을 만들어냈다.

우르릉, 콰아앙!

"크아아아아아앙!"

"돼, 됐다!"

입에 불을 머금은 드래곤이 괴로워하며 뒹구는 동안 강수는 쇠사슬과 강화플라스틱 등을 이용하여 놈을 꽁꽁 묶어버렸다.

그리고 그 위로 그물을 덧씌운 후 현장에 숨겨두었던 포클레인을 이용하여 머리통을 후려갈겼다.

위이이잉, 퍼억!

"끄엑……."

아직 헤츨링이라 두개골이 발달하지 않은 놈은 이내 쭉 뻗어버렸고, 강수와 랄프는 무려 100미터나 되는 쇠사슬로 놈을 속박할 수 있었다.

* * *

강수는 잠들어 버린 드래곤의 머리를 자세히 관찰해 보았다.

우우우우우웅!

마나로 머릿속을 스캔한 강수는 놈이 자신의 예상대로 아공간을 빠져나오면서 심각한 충격을 받았음을 알 수 있었다.

정확히 어떤 충격을 받았는지는 알 수 없었지만, 놈은 자신의 뇌를 회복하기 위해 본능적으로 엔트를 먹어치운 것으로 보였다.

그는 손발이 꽁꽁 묶인 드래곤의 귀로 마나온천수를 흘려 넣어 뇌상을 회복시켰다.

물론 최강의 생명체인 드래곤이 마나온천수 하나로 힘을 모두 회복할 리는 없다.

하지만 최소한 다시 이성을 되찾고 대화를 나눌 수 있을 거라 생각했다.

이윽고 드래곤의 머리가 회복되면서 녀석이 슬슬 의식을 되찾기 시작했다.

—쿨럭쿨럭!

거대한 머리로 연신 기침을 해대는 놈에게 강수가 말을 걸었다.

"정신이 좀 드나?"

—네놈은…….

"눈을 부라리는 것을 보니 정신이 든 모양이군."

그린드래곤은 강수의 심장에 자리 잡고 있는 아힌리히트

의 심장이 만들어내는 용언의 울림을 느낀 듯 강수를 바라보며 물었다.

—네놈이 나를 이렇게 만든 것인가?

"네놈?"

—미개한 인간 같으니, 감히 위대한 드래곤 헤츨링을 이따위로 만들어?

강수는 그린드래곤의 딱딱한 얼굴을 발로 걷어차 버렸다.

퍽!

—크윽! 이런 빌어먹을 인간 놈!

"아직 네가 정신을 못 차린 모양이군. 나는 아힌리히트의 심장을 이어받은 인간이다. 하프이긴 하시만 네놈보나 훨씬 상위의 존재라는 뜻이지."

—빈쪽짜디 주제에!

"반쪽이라……. 그 말이 쏙 들어가게 해주지."

강수는 마나의 집약체로 만든 가공 물질 블루탄으로 도금한 쇠망치를 집어 들었다.

블루탄은 드래곤의 이빨에 버금갈 정도로 상당히 고강도의 물질인데, 5,000살 이상의 드래곤 이빨에는 미치지 못한다.

하지만 헤츨링의 치아라면 충분히 타격을 줄 수 있을 것이다.

부웅!

까앙!

—크아아아아아아악!

"원칙 하나, 이제부터 너는 내 말에 절대적으로 복종해야 한다. 그렇지 않을 시, 이렇게 이빨을 두들겨 팰 줄 알아라."

—크흑, 크흑! 이런 미친 개자식을!

"말조심하라고 했다."

강수는 이번엔 블루탄으로 만든 정을 치아에 고정시키곤 그 위로 쇠망치를 휘둘렀다.

퍼억!

—크악, 크아아아아앙!

"세상에서 가장 고통스러운 것 중에 하나가 치통이라고 하더군. 아직 네 이는 유치일 테지. 그러니 이렇게 정으로 홈을 파놓으면 뿌리가 상해서 엄청나게 아플 것이다. 어때?"

—크흑, 크흑! 죽인다!

"아직도 입이 살았군. 좋아, 위계질서에 대해 제대로 파악하지 못하면 어떻게 되는 것인지 아주 뼈저리게 깨닫게 해주지."

이내 강수는 자신의 팔에 용언과 마나가 응축된 녹색 기운을 불어넣었다.

우우우우우우우우웅!

—뭐, 뭐 하는 것이냐?

"위계질서를 잡아야지. 네놈의 심장을 절반만 도려낼 것이다."

—아, 안 돼!

"걱정 마라. 죽지는 않을 테니."

드래곤은 오른쪽 가슴 부근에 아주 약하고 결이 반대로 된 비늘이 있다.

이곳은 다른 부위에 비해 다소 손쉽게 비늘을 벗겨낼 수 있는데, 에이션츠드래곤의 용언이라면 이 정도 비늘 정도는 가뿐히 녹여낼 수 있을 것이다.

강수는 이 부분을 갈라 녀석의 심장 중 절반만 도려낼 생각이다.

"드래곤에게 심장은 생명과 직결되는 것이지만 절반밖에 없다고 죽지는 않는다고 하더군. 하지만 그 절반이 완전히 소실된다면 목숨을 잃게 되겠지."

—주, 죽인다!

고개를 좌우로 흔들며 적의를 드러내는 드래곤을 바라보며 강수는 한심하다는 듯이 말했다.

"끝까지 발악하는구나. 그래, 이것도 마지막 발악이 될 테니 마음껏 떠들어라."

이윽고 강수는 놈의 심장에 손을 푹 집어넣었다.

꿀렁!

드래곤의 심장 부근이 마나에 의해 일렁거리더니 이내 그린드래곤의 녹색 심장이 뛰고 있는 하트룸이 그 모습을 드러냈다.

두근두근!

엄청난 양의 마나와 용언, 잘못하면 이 근방에 있는 모든 생명체가 녹아버릴 수 있을 정도로 강력했다.

그러나 에이션츠드래곤의 심장을 가진 강수는 그 기운을 흡수하여 자신의 것으로 갈무리할 수 있었다.

아직까지 심장을 제대로 사용할 수는 없지만 그 자체는 건재하기 때문에 헤츨링의 드래곤 하트 반쪽 정도는 가뿐히 수용할 수 있었다.

"이 악물어라. 많이 아프다."

―그, 그만!

강수는 거침없이 드래곤 하트의 절반을 도려내 버렸다.

치지지지지지직!

―크아아아아아앙!

고통에 몸부림치던 그린드래곤이 이내 실신해 버렸고, 강수는 일렁이는 아공간을 닫아버렸다.

꿀렁!

그 모습을 곁에서 지켜보던 랄프가 강수에게 물었다.

"죽으면 어쩌지?"

"별수 있나? 고기로 팔아야지."

"…무지막지하게 잔인한 놈이군."

"최소한 다시 발작해서 주변을 쑥대밭으로 만드는 것보다는 나아."

도대체 놈이 어떻게 여기까지 온 것인지 알 수는 없지만 일단 사태는 수습하고 봐야 할 것이다.

* * *

심장의 절반을 빼앗긴 그린드래곤 헤츨링 아르테미스는 이제 강수에게 무조건 복종할 수밖에 없게 되었다.

서로 연결되어 있는 심장 중 하나를 잃는다면 아르테미스는 그 즉시 생명을 잃게 되기 때문이다.

강수는 1000분의 1의 크기로 줄어든 아르테미스의 목덜미에 개줄을 채웠다.

"…꼭 이렇게까지 하는 이유가 뭔지 도무지 모르겠군."

"네가 다시 난리블루스를 피우면 난들 도리가 없으니 이렇게라도 하는 거야. 그리고 평생 지렁이로 살지 않게 된 것에 감사해라."

심장을 절반이나 도려내 아르테미스는 힘의 대부분을 잃

고 말았다.

강수의 드래곤 하트가 그 힘을 모두 흡수했기 때문에 다시 용언이나 마나를 사용하려면 강수가 자신의 힘을 개방시켜야 한다.

이제 그녀는 강수 없이는 1서클 마법이나 초간단 용언 정도 부릴 줄 아는 작은 용에 불과해진 것이다.

그는 아르테미스를 데리고 중국 고비사막으로 떠났다.

아직 오크들이 그 자리를 지키고 있기 때문에 베이스캠프는 건재할 것이다.

그러니 지금이라도 찾아가 아르테미스의 용언으로 녹음을 되살리면 그동안의 노고가 모두 허사가 되진 않을 것이다.

인천공항에서 몽골 칭기즈칸공항으로 향하는 입국 게이트.

강수는 온몸을 털옷으로 꽁꽁 싸맨 아르테미스를 애완동물 케이지에 넣어 짐칸에 맡겼다.

"애완동물 보관소에 맡기겠습니다."

공항 직원은 강수가 내민 아르테미스를 바라보며 고개를 갸웃거렸다.

"이건… 도대체 무슨 종이지요?"

"……."

아무리 봐도 도마뱀이나 이구아나처럼 생긴 아르테미스의

외모에 당연히 고개가 갸웃거려질 것이다.

하지만 강수는 아주 대수롭지 않게 답했다.

"코모도 도마뱀입니다."

"맹독성 물질을 가진 녀석 아닙니까?"

"그렇긴 한데 유전자 개량으로 독성을 없앴습니다. 이를테면 초대형 이구아나라고 할 수 있겠군요."

"으음, 그런가요?"

의심의 눈초리를 보이는 공항 직원. 강수는 주머니에서 재갈을 꺼냈다.

"정 찜찜하시다면 주둥이를 막아버릴 수도 있습니다."

"……!"

천하의 드래곤에게 입 가리개라니, 있을 수 없는 일이다.

그러나 지금 그녀에겐 선택권이 없었다.

"뭐, 좋습니다. 그럼 입을 가린다는 조건하에 짐칸에 싣겠습니다."

"감사합니다."

강수는 케이지 안에 들어 있는 아르테미스를 꺼내어 입에 재갈을 물렸다.

"우, 우욱!"

"어허, 가만히 있어. 확 땅에 파묻어 버리는 수가 있으니까."

"……."

태어나 이런 굴욕을 당하다니, 아마도 아르테미스는 추후에 고향으로 돌아간다고 해도 다시는 다른 드래곤들과 어울리지 못할 것이다.

'언젠가는 반드시 복수한다!'

그녀는 조용히 눈을 감은 채 복수를 다짐했다.

* * *

황량한 바람이 부는 고비사막. 초토화가 되어버린 식목지에 강수가 도착했다.

크룩은 어느새 몸을 회복하고 또다시 나무를 심고 있었다.

"크룩, 마스터 오셨습니까?"

"별일 없었나?"

"크룩, 그렇긴 합니다만, 다시 나무를 심기가 어렵습니다."

"물론 그렇겠지. 이 녹색 도마뱀이 아주 난장판을 만들어 놓았으니 말이다."

강수는 애완동물 케이지 안에 들어 있는 아르테미스를 꺼내어 땅에 내려놓았다.

"나와라."

"…덥군."

땅으로 내려온 아르테미스가 신기하다는 듯이 자신을 바

라보는 오크들에게 말했다.

"뭘 보나? 드래곤 처음 보나?"

"크, 크룩?"

"더러운 오크들 같으니……."

강수는 그녀를 묶은 개줄을 잡아당겼다.

"헛소리 그만하고 이제 땅을 원상 복구시켜라."

"원상 복구라니?"

"네가 파먹은 녹음을 다시 만들어내란 말이다."

"…그렇군."

이미 정선과 태백은 원상태로 되돌아가 한창 엔트 묘목들이 자라나고 있는 중이다.

이제 이곳만 원상태로 만들고 나면 일단 손해는 복구되는 셈이다.

강수는 여기에 조건을 하나 더 내걸었다.

"그리고 하나 더, 이곳에 10만 평 부지의 녹음을 만들어내라. 이것이 숙제다."

"그, 그렇게 넓은 땅을 용언도 없이 어떻게 만들라는 건가?!"

"쥐꼬리만큼 남은 용언 있지 않나? 그것이라면 10만 평을 만드는 데 이 주일이면 되겠군."

"마, 말도 안 된다! 그렇게 되면 나는 말라죽고 말 거야!"

"그전에 내가 용언을 나누어줄 것이다. 그러니 잔말 말고 녹지나 만들어내."

"……."

"하기 싫어?"

강수는 그녀의 앞에 소형 드릴을 내밀었다.

위이이이이잉!

"이빨이 아주 다 아작 나야 정신을 차리지?"

"제, 제기랄!"

치아를 치료하다 보면 이에 구멍을 내는 경우도 있는데, 그 때의 고통은 이루 말로 표현하기 힘들 정도로 끔찍하다.

아마 마취를 하지 않고 이를 갈아댄다면 십중팔구, 백이면 백 진저리를 칠 것이다.

단 한 번이라도 이에 손을 대본 사람만이 그 고통을 알 터, 강수는 그녀가 치아에 가해지는 고통을 견디지 못할 것임을 알고 있었다.

때문에 그녀는 어쩔 수 없이 강수를 따를 수밖에 없는 입장이다.

"…10만 평이면 되나?"

"그렇다. 잠은 오크들과 함께 자고 이곳을 급습하는 놈들을 막아내는 경비견 역할도 해야 할 거야."

"그, 그건……."

"왜? 사막 한가운데에서 재워줘?"

그린드래곤은 모래를 싫어하기 때문에 먼지가 많은 곳에선 오래 버티지 못한다.

그녀는 인상을 와락 일그러뜨렸다.

"…빌어먹을 인간."

"뭐라고?"

"아, 아니다. 오크들과 자면 되는 건가?"

"그래. 이곳에 녹음을 만들고 나에게 하루에 한 번씩 보고하도록."

"아, 알겠다."

이제 녹음은 저절로 완성될 테니 큰 걱정은 없을 것이다.

* * *

울진 서부에 위치한 카지노 건설부지 앞.

강산은 부하들과 함께 간간이 보이는 가옥들을 바라보고 있다.

"명두."

"예, 형님."

"이곳에 몇 명이나 살고 있다고?"

"한 200명쯤 됩니다."

"흐음……."

"대부분 어업에 종사하고 있으며 일부는 농사를 짓기도 하지요."

그는 명두에게 통장을 하나 건넸다.

"내 명의로 된 통장이다. 이것을 가지고 지주들을 찾아가 보상 문제를 해결해라. 잘만 하면 네 앞으로 10분의 1은 떨어질 것이다."

"저, 정말이십니까?!"

"그렇다. 내가 허튼소리 하는 것 보았나?"

"가, 감사합니다!"

명두는 강산의 휘하에서 무려 7년간 뼈가 빠져라 일해 온 목포 출신 건달이다.

아픈 모친과 어린 동생들을 건사하느라 돈이 되는 일이라면 무슨 일이든 하고 있지만 최근에는 자신의 뒤를 봐주는 스폰서에게 사기를 당해 돈이란 돈을 다 털린 상태이다.

아마도 그는 강산이 시키는 일이라면 무엇이든 하려고 들 것이다.

"아마 이곳의 땅값이 오른다는 소문이 돌면 나오지 않으려 발버둥 치는 놈들이 분명 있을 거다. 반항하면 알아서 족쳐 내보내."

"알겠습니다. 최선을 다하겠습니다!"

"그래, 알겠다."

그는 이곳에 카지노를 짓는 사업을 진행하면서 큰돈을 만져볼 요량이다.

얼마 전 실종으로 처리된 허영수가 가지고 있던 건설사를 그가 인수했다.

이 건설사들은 크고 작은 시공사들로 이뤄져 있지만 실질적으론 한 그룹에 근간을 두고 있다.

그들의 지주회사는 양만철 회장의 북동그룹으로, 암암리에 그의 지시에 따르고 있었다.

이런 건설사들이 강산의 수중으로 넘어갔다는 것은 그가 이제 양만철의 충복으로 인정받았다는 소리이기도 했다.

이제 그는 호랑이 등에 올라타 승승장구하는 일만 남은 셈이다.

"형님, 전화 왔습니다."

"전화?"

오랜만에 바다 풍경을 바라보며 망중한을 즐기고 있는 그에게 전화기를 건네준다.

"누구냐?"

"인천 양철파랍니다."

"알겠다."

전화기를 받은 그는 나지막이 말했다.

"그래, 나다."

—나다, 신철민.

"무슨 일인가?"

—놈을… 놓쳤다.

순간, 그의 얼굴이 와락 일그러졌다.

"뭐, 뭐라?! 누굴 놓쳐?!"

—아무래도 놈이 먼저 눈치를 채고 경호원들을 붙인 모양이다. 우리 하청 작업자들이 실종되었어.

"…그런 말도 안 되는 일이 다 있나?!"

—나도 놀랐다. 설마하니 통나무장사꾼들을 처발라 버리는 놈들이 다 있다니…….

그는 잔뜩 일그러진 얼굴로 말했다.

"도대체 일을 어떻게 처리하는 건가?!"

—놈은 프로가 아닐까 싶다. 도대체 이런 놈을 어디서 알게 된 거야?

"젠장!"

—일단 내가 다시 한 번 놈을 노려볼 테니 조금만 기다려.

이 업계에선 돈을 지불한 사람이 그야말로 갑(甲)이다.

신철민은 자신이 일을 그르쳤음에 한 수 접고 들어갔다.

—아무튼 일이 이렇게 되어 유감이군. 수고비는 절반만 받고 내용물을 팔아서 남은 돈도 절반으로 나누기로 하지.

"…됐다. 일이나 잘 처리해 줘."

―그래, 알겠다.

이윽고 전화를 끊은 그는 이를 바득바득 갈았다.

"이강수……!"

아마도 강수는 그와 전생에 원수라도 진 모양이다.

"명두!"

"예, 형님."

"당장 애들 모아."

"예? 갑자기 무슨……."

"일을 조금 앞당겨야겠다. 최대한 빨리 일을 마무리 짓는다."

"예, 알겠습니다."

살인청부업자에게 강수를 제거하라고 지시한 것은 전문가가 일을 처리하는 편이 나을 것 같았기 때문이다.

하지만 이것은 명백한 강산의 실수이기 때문에 분명 양만철은 린치를 가할 것이다.

'이렇게 되면 돈이라도 챙기는 수밖에.'

그는 최대한 일을 빨리 진행하여 자신의 지분이라도 챙겨 달아나기로 마음먹었다.

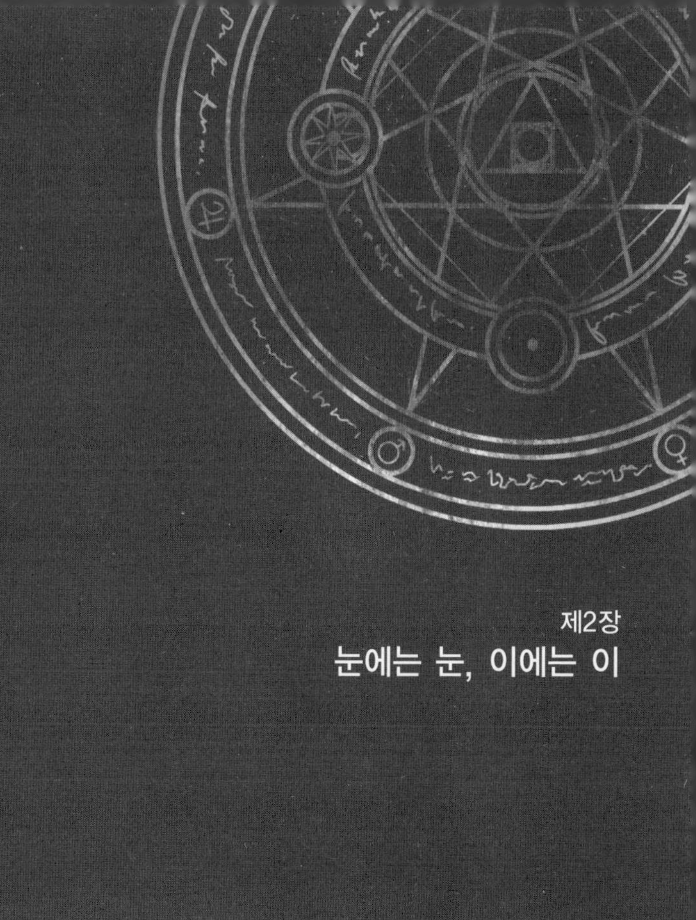

제2장

눈에는 눈, 이에는 이

인천 연안 부두에 위치한 작은 야적장.

이곳에선 중국과 아프리카에서 넘어오는 수산물을 받아서 노량진수산시장으로 보내거나 지방에 위치한 대형 마트로 보낸다.

하지만 이곳 야적장은 수산물뿐만 아니라 수많은 밀수품을 거래하는 현장이기도 했다.

강수는 그런 연안 부두 야적장을 찾았다.

쾅쾅쾅!

곰삭은 콘크리트 기둥으로 이뤄진 야적장에서는 진한 생

선 비린내가 올라왔다.

인부들은 그곳에서 얼어붙은 갈치 덩이를 떼어내는 작업에 몰두해 있었다.

강수는 야적장 안으로 들어가 아무 인부나 붙잡고 말했다.

"이곳에 마철이라는 놈이 있나?"

"뭔 철?"

"네 두목 마철 말이다. 마철이 지금 이곳에 있나?"

순간, 그는 강수를 향해 망치를 들이댔다.

"이 새끼가 돌았나? 어디서 호구조사야? 저리 안 꺼져!"

"흠, 아무래도 이곳에 마철이라는 놈이 있는 모양이군."

강수는 검은색 행낭에서 몽둥이를 꺼내 들었다.

그는 장기밀매꾼이 죽기 직전에 남긴 소지품에서 이곳의 주소를 알아냈다.

복수를 하려면 확실히, 받아낼 것은 철저하게 받아내자는 것이 강수의 신조다.

이제부터 그는 자신에게 해를 입힌 적들을 처절하게 숙청할 것이다.

"인간은 왜 이렇게 미련한 존재인 것인지, 꼭 맞아야 정신을 차리지."

"그런데 이 미친 새끼가……!"

부웅!

강수는 자신을 향해 날아드는 망치를 가볍게 피한 후 그의 손목을 좌측으로 확 꺾어버렸다.

뚜두두둑!

"끄아아아악!"

그리곤 몽둥이로 사내의 쇄골을 후려쳤다.

빠악!

"크헉! 크헉!"

그 모습을 바라본 인부들이 날카로운 갈고리와 망치 등을 들고 강수를 향해 달려들었다.

"짭새다! 죽여라!"

"쳇, 경찰은 나도 별로 안 좋아하는데."

아무래도 이들은 강수를 경찰로 오해한 모양이다.

하지만 아무래도 좋았다. 어차피 이들은 오늘 안에 강수의 제물이 될 것이기 때문이다.

그는 전신을 가득 채운 마나를 이용해 아이언골렘을 소환했다.

끼기기기기긱!

아이언골렘은 전신이 철로 이뤄진 골렘으로 강수의 온몸을 아주 단단하게 만들어줄 것이다.

"자, 가자!"

녀석은 강수의 몸에 얇은 철의 장막을 둘러주었고, 그가 원하면 곧바로 모양을 바꾸기 위해 준비했다.

강수는 머릿속으로 방패를 떠올렸고, 아이언골렘은 즉시 그의 손에 방패를 만들어주었다.

구그그그그그그그!

그는 아이언골렘이 만들어준 방패를 들고 약 20명의 인부를 향해 돌진했다.

"맞아야 말을 듣는 것은 짐승이나 인간이나 마찬가지군!"

퍼억!

"크헉!"

가장 먼저 달려드는 사내의 머리에 몽둥이를 휘두른 강수는 곧바로 그의 몸을 밟고 공중으로 높이 도약했다.

부웅!

그리곤 이내 줄줄이 달려드는 사내들의 채련에 발차기를 날렸다.

'윈드!'

그의 발에 강림한 바람의 기운은 발차기에 중력을 더하여 아주 묵직하고도 치명적인 타격을 형성시켰다.

빠아아악!

"쿨럭!"

"으어어어어억!"

한 방에 무려 열 명. 사내들은 그런 강수를 바라보며 탄성을 내질렀다.

"이, 이런 미친놈을 보았나?!"

"저, 저게 사람이야?!"

강수는 이내 놀라움을 금치 못하는 그들에게 쉴 새 없이 달려들었다.

"사람을 괴물 취급하다니, 다리몽둥이를 확 절단 내버려야겠군."

어차피 이들은 범죄자다. 이대로 놓아두면 또 누군가가 피해를 입을 것이다.

차라리 지금 강수가 가지치기를 하는 것이 좋았다.

"간만에 간벌이나 좀 해볼까나?"

그는 머릿속으로 날카로운 클로를 연상했다. 그러자 길이 30㎝의 날카롭고 단단한 클로가 돋아나왔다.

철컥!

이제 강수는 몽둥이를 버리고 양쪽을 마구 휘두르며 사내들 사이를 종횡무진 누볐다.

사각, 사각, 사각!

"크아아악!"

"내, 내 다리!"

"끄어어억!"

여기저기서 비명이 들려오며 그의 온몸이 선혈로 물들었다.

아마 그의 손에 닿은 사내들은 당분간 자리에서 일어서지 못하거나 오래도록 병원 신세를 져야 할 것이다.

강수는 순식간에 열 명의 사내를 해치운 후 자신을 바라보고 있는 이곳의 보스를 향해 돌진했다.

쐐애애애앵!

그가 서 있던 자리에 잔상이 남는 듯한 착각이 들 정도로 엄청난 속도로 쇄도해 들어간 강수는 보스의 목덜미를 잡아챘다.

턱!

"크허어윽!"

"네놈이 두목이냐?"

"그, 그렇다……."

"그럼 이놈을 잘 알겠군."

강수는 자신이 찍어놓은 사진을 보스에게 보여주었다.

그러자 그는 살며시 고개를 끄덕인다.

"아, 알고 있다."

"누구인가?"

"말하면 살려줄 텐가?"

"물론이다."

"인천… 인천에서 통나무 장사를 하는 놈이다. 도끼라는 별명으로 통하지."

"도끼라……."

"아마도 지금은 대포폰과 아가씨 장사를 한다고 들었다."

"그렇군."

강수는 그의 어깨에 클로를 깊숙이 찔러 넣었다.

푸우우욱.

"흐허어어억!"

"이건 내가 받은 피해에 대한 앙갚음이다. 만약 네가 보복을 한다면 나머지 한쪽도 마저 찔러주마. 명심해라. 넌 나를 이길 수 없다는 사실을."

"허억, 허억!"

이윽고 강수는 신음이 가득한 야적장을 빠져나갔다.

* * *

인천 부평구에 위치한 지하철역.

이곳은 고속철도가 지나가는 곳이기도 하다. 또한 청소년 범죄의 온상이기도 한 이곳에 강수가 서 있다.

강수는 주머니에서 꺼낸 명함을 바라보며 읊조렸다.

"194번지, 194번지라……."

인터넷으로 검색해 보니 번지수에 따른 건물은 이곳에서 그리 멀지 않은 것 같았다.

부평역 뒷골목을 따라 시가지 반대편으로 걸어가는 길, 으슥한 분위기 때문인지 사람은 한 명도 찾아볼 수 없었다.

뚜벅뚜벅.

오로지 강수 본인의 발소리만 들려올 뿐, 그 흔한 고양이 울음소리 하나 들리지 않았다.

강수는 어둑어둑한 뒷골목을 따라 약 10분가량 걸어 들어갔다.

잠시 후, 그런 그의 곁으로 고등학생으로 보이는 소년이 한 명 다가와 말을 걸었다.

"아가씨 필요해요?"

"아가씨?"

"에이, 다 알면서. 싸게 해줄 테니 따라와요."

소년은 아무래도 이 근방에서 여기의 관계를 맺게 해주고 돈을 받는 삐끼인 모양이다.

"어린놈이 별짓거리를 다 하는군. 삐끼냐?"

"삐끼라니, 포주라고 불러요."

강수는 소년에게 명함을 꺼내어 보여주었다.

"이곳을 아나?"

순간, 소년은 주머니에서 잘 벼려진 잭나이프를 꺼냈다.

따라라락, 철컥!

"짭새?!"

"…아니야. 경찰은 아니야."

"그럼 어째서 우리 사무실을……?"

"사무실? 그렇군. 그곳이 놈들의 아지트였어."

강수는 소년이 말하는 그곳이 바로 놈들의 아지트라는 것을 알아챘다.

이윽고 그는 소년이 쥐고 있는 칼을 손가락으로 잘라 버렸다.

서걱!

"허, 허억!"

아이언골렘이 만든 나이프는 소년이 들고 다니는 허접한 나이프와는 차원이 다른 묵직함이 있다.

"좋은 말로 하겠다. 그곳으로 나를 안내해."

"꿀꺽!"

마른침을 삼킨 소년은 순순히 강수를 안내했다.

*　　*　　*

부화빌딩이라고 쓰인 건물 앞에 선 강수는 실소를 흘렸다.

"별명이 도끼라고 하더니 건물 이름 한번 해괴망측하게 지었네. 도끼에 핀 꽃이라니, 미친놈이군."

이윽고 강수는 소년을 발로 차 건물 안으로 밀어 넣었다.

퍼억!

"크억!"

"어서 기어가 이곳에 사는 바퀴벌레 몽땅 불러들여라."

그는 건물 안으로 들어간 후 문을 잠가 버렸다.

철컥.

아마 이제 강수를 뚫고 밖으로 나가지 않는 한 절대로 이곳을 빠져나갈 수 없을 것이다.

잠시 후, 곰팡이가 짙게 피어 있는 엘리베이터를 타고 50명 남짓한 사내가 우르르 쏟아져 나왔다.

"저 새끼냐?"

"네, 형님!"

"이런 겁대가리 없는 새끼를 보았나!"

강수는 아이언골렘으로 만들어진 망치를 손에 쥔 채 말했다.

"귀찮으니까 한꺼번에 덤벼."

"미친놈! 쳐라!"

"죽어라!"

아무리 강수라도 무려 50명이나 되는 인원을 상대하기엔 조금 무리가 있지만 그것은 어디까지나 넓은 공간에서의 얘기다.

이처럼 좁은 공간에서 50명을 모두 상대한다는 것은 한 줄에 다섯 명씩, 그러니까 자신의 앞에 있는 적만 처치하면 된다는 소리다.

이것은 강수가 오랜 시간 동안 드래곤의 정원에서 쌓은 노하우로 일 대 다수 싸움의 기본이다.

강수는 가장 첫 열의 사내들부터 차근차근 처치하기 시작했다.

퍼억!

"크헉!"

머리와 관절 같은 급소만 노려 한 방에 보내 버리는 것이 일 대 다수엔 가장 좋은 전략이다.

군더더기 하나 없이 오직 한 방에 전투 불능으로 만드는 강수의 무지막지한 전투력 앞에 사내들은 속수무책으로 무너져 나갔다.

하지만 워낙 숫자가 많은 그들인지라 잘못해서 한두 대 얻어맞는 일은 어쩔 수 없었다.

까앙!

"으, 으음?!"

"지금 뭐 한 거냐? 장난친 거냐?"

강수는 자신의 몸을 아이언골렘으로 무장시켜 칼은 물론이고 쇠파이프도 별다른 타격을 주지 못했다.

그는 자신을 때린 청년의 머리를 잡고 그대로 벽을 향해 밀어버렸다.

쿠웅!

"으헉!"

곧바로 기절해 버린 그를 두고 돌아선 강수는 전략을 바꾸기로 했다.

"역시 좁은 곳에서의 싸움은 망치가 아니라 칼이지."

여성들을 갈취하여 돈이나 뜯어내는 이런 놈들은 살려두어 봐야 사회의 암적인 존재로 자라날 뿐이다.

강수는 손을 거대한 낫의 형태로 바꾸었다.

철컹, 스릉!

시퍼렇게 날이 선 낫에 베이면 사람의 허벅지도 단숨에 잘려 나갈 것이다.

강수는 곧장 사내들을 향해 날려들었다.

서걱!

푸하아아아악!

일렬로 선 사내들의 다리가 모두 잘려 나갔고, 그 선혈이 튀어 복도를 물들였다.

"이, 이런 미친 새끼!"

"야, 조져!"

"와아아아아!"

이제는 무작정 몸부터 들이미는 그들을 향해 강수는 친절히 저승사자의 대리인 역할을 자처했다.

"태어난 순서는 있어도 요단강 건널 땐 순서가 없는 법이지. 그래, 죽고 싶으면 덤벼라!"

촤라라라락!

강수는 마구잡이로 낫을 휘둘러 자신을 압박하는 사내들을 무차별적으로 베어 나갔다.

푸하아아악!

이젠 사내들의 몸에서 흘러나온 피로 바닥이 축축하게 젖을 정도. 지독하게 올라오는 피 냄새가 복도에 진동했다.

하지만 강수는 그마저도 무기로 사용했다.

"허업!"

잽싸게 몸을 날려 그대로 미끄러진 강수는 그 탄력을 이용하여 사내들의 아킬레스건을 모조리 잘라 버렸다.

서서서서서서서걱!

쿵!

단 일격에 바닥을 나뒹구는 사내들. 강수는 이제 슬슬 마무리를 지어야겠다고 생각했다.

서른 명 남짓한 인원을 마저 쓰러뜨려 상황을 정리할 요량이다.

이번에는 몸을 마치 풍차처럼 돌리며 자신을 둘러싼 사내들을 향해 돌진했다.

부우우우우우웅!

예초기가 풀을 베어내듯 사람을 무자비하게 베어낸 강수는 복도에 멀쩡하게 서 있는 사내가 남아 있지 않을 때까지 몸을 회전시켰다.

약 5분 후, 그는 신음으로 가득 찬 복도를 바라보았다.

"으으으으윽!"

"사, 살려줘!"

강수는 이내 2층으로 향했다.

*　　*　　*

인천 양철파 보스인 도끼 신철민은 피로 물든 복도를 바라보며 아연실색했다.

"이, 이게 도대체 어떻게 된……!"

나무로 만든 난간에 몸을 걸치고 선 그는 단 한 명에게 도륙이 나버린 부하들을 뒤로한 채 도망갈 준비를 했다.

아무리 깡이 좋아 깡패가 되었다곤 해도 저런 괴물을 상대로 싸울 수는 없었다.

"젠장, 젠장!"

사무실에서 대충 서류를 챙긴 그는 비상구를 따라서 무작정 달리기 시작했다.

하지만 그는 얼마 가지 못해 비상구 계단을 따라 무참히 떨어져 내렸다.

퍼억!

"으어어어어억!"

쿵쿵쿵쿵쿵!

그는 팔, 다리, 허리, 머리 할 것 없이 마구 계단에 찧어 찰과상과 타박상이 생겼다.

그리고 그런 그의 앞에 한 사내가 모습을 드러냈다.

"쯧쯧, 이런 놈을 두고 보스라고 따르는 놈들이 있다니 한심하기 짝이 없구나."

"네, 네놈은……?"

"왜? 장기를 빼서 팔아먹으려다 잡히니 후달리냐?"

피로 물든 그의 모습은 마치 인간 백정을 연상시켰으며, 살점과 피가 마구 엉겨 붙어 있는 거대한 낫은 극한의 공포를 자아내기에 충분했다.

그는 즉시 무릎을 꿇고 사내 앞에 머리를 조아렸다.

"아이고, 살려만 주십시오! 다시는 그런 짓 안 하겠습니다!"

"미친놈. 사람을 죽이고 나서 죄를 뉘우친다고 그 죄가 없어지나?"

"죄송합니다! 죽을죄를 지었습니다."

“죽을죄를 지었다니 그럼 죽어야겠군.”

스릉!

“사, 살려주십시오! 시키는 일은 무엇이든 다 하겠습니다! 정말입니다!”

그제야 그는 낫을 거두었다.

“정말이냐?”

“무, 물론이지요!”

“좋아, 그렇게 애원하니 한번 봐주도록 하지.”

“가, 감사합니다!”

“하지만 조건이 있다.”

“말씀하시지요!”

“그냥은 넘어갈 수 없으니 손 한쪽은 받아야겠다.”

“소, 손가락이라면 .”

“말 그대로다. 손을 하나 넘기면 목숨만은 살려주겠다는 것이다. 양자택일해라.”

사람을 마치 낙엽 쓸어버리듯 넘기는 그에게 자비란 기대하기 어려운 일이었다.

신철민은 그의 앞에 손을 내밀었다.

“워, 원하신다면야…….”

“그래, 생각보단 머리가 좋은 편이구나. 목이 달아다는 것보다는 손이 훨씬 낫지.”

척!

그가 낫을 높이 들자 신철민은 눈을 질끈 감았다.

"흡!"

부웅!

퍼억!

"끄아아아아아아악!"

신철민의 손에 낫이 꽂혔고, 손의 신경 다발과 뼈가 으스러져 형체를 알아볼 수 없을 정도로 퉁퉁 부어올랐다.

눈을 떠보니 그의 손은 낫이 아닌 망치가 짓이겨 버렸다.

"허억, 허억! 사, 사람 살려! 으아아아아악!"

사내는 신철민의 고통을 조금이나마 줄여주겠다는 듯 슬며시 미소를 지었다.

"훗, 그렇게 아프다니 조금의 자비를 베풀어줄까?"

퍽!

"으허억……!"

망치로 머리를 얻어맞은 신철민은 이내 의식을 잃고 말았다.

* * *

강수는 저마다 붕대를 친친 감고 있는 양철파 조직원들 앞에 섰다.

약 50명으로 이뤄진 양철파는 극악무도하기 짝이 없는 짓으로 민간인들의 생명을 갈취하는 조직이다.

그들은 중국이나 일본, 더러는 한국에서 받은 주문을 토대로 사람을 잡아다 장기를 적출하는 일을 했다.

그중에는 신체포기각서를 받은 채무자도 있고 그렇지 않은 일반인도 있었다.

신체포기각서를 쓴 사람들이야 돈 때문에 팔려왔다고 해도 일반인들은 아무 잘못도 없이 장기를 적출당해 죽는 것이다.

이토록 황당한 범죄를 저지르는 이유는 다름 아닌 돈 때문이다.

강수는 이들 전부를 불구로 만들어 버리고 죽헐이 심한 자들은 다신 눈을 뜰 수 없도록 해버렸다.

하지만 그럼에도 불구하고 그들은 멀쩡한 장사를 하는 사람들이 아님으로 경찰에 신고조차 할 수 없었다.

그가 생각하기에 인간 이하의 행동을 한 사람은 모두 짐승보다 못한 취급을 받아야 마땅했다.

그래서 그는 인간을 해친 짐승 대하듯이 그들을 다루기로 한 것이다.

"생각 같아선 너희를 지금 당장 죽여 버리고 싶지만 가까스로 참는 거다. 강산 그 개새끼를 잡기 전까진 살아 있을 테니 그 이후에 도망가고 싶으면 도망가라. 하지만 그전에 도망가다 걸리면 여지없이 대가리를 몸통에서 분리해 버리겠다. 알겠나?"

"예, 알겠습니다."

"목소리 봐라!"

"예, 알겠습니다!"

강수는 양철파 조직원들의 가장 선두에 선 신철민에게 말했다.

"네가 가지고 있는 신체포기각서와 지금까지 출하한 불법 장기들에 대한 데이터를 모조리 나에게 넘겨라."

"예, 예? 그건……."

"요단강 건널 때 온전하게 건너고 싶으면 순순히 내놓는 것이 좋을 것이다."

"하, 하지만……."

강수는 태백에서 데리고 온 말복의 개줄을 손으로 쥔 채 녀석의 머리를 쓰다듬었다.

"크릉, 크릉!"

피 냄새에 흥분한 헬하운드는 우두머리를 제외한 모든 생명체를 물어 죽일 수 있는 위험성을 가지고 있다.

만약 여기서 강수가 개줄을 놓는 순간 이 근방에 있는 모든 사람은 한 줌의 재가 되어버리거나 말목의 먹이가 될 것이다.

"개에게 목이 물어뜯기면 느낌이 어떨 것 같나?"

"그, 그게……."

"경찰에 신고하고 싶으면 어디 한번 해봐. 너희가 잘하는 짓이지? 진짜 보복이 어떤 것인지 뼈저리게 깨닫게 해주겠어."

말복은 이제 성체가 다 되어 그 덩치가 승냥이나 하이에나보다 컸으며, 심지어는 호랑이와 비견될 정도이다.

"크르르르릉!"

"어때? 먹고 싶지?"

"크아아아앙!"

"워워, 진정해. 그렇게 안달하지 않아도 어차피 줄 생각이다."

"헥헥! 크르르릉!"

입가로 노란색 침이 흐르는 말복은 소름 끼치게 만들기에 충분했다.

결국 신철민은 강수의 말에 따르기로 한다.

"드, 드리겠습니다."

"진즉 그랬어야지."

이윽고 그의 명령에 따라 신철민의 부하가 두꺼운 서류 봉투를 가지고 나왔다.

“여기 있습니다.”

강수는 그가 가지고 나온 봉투의 내용물을 확인해 보았다.

서류 안에는 지금까지 이들이 저지른 죄악이 아주 세세하고 면밀하게 나와 있었다.

이 정도 자료라면 충분히 경찰에 넘겨 법의 심판을 받을 수 있을 것 같았다.

그는 서류를 품속에 잘 갈무리한 후 이들에게 말했다.

“너희에게 갱생의 기회를 한 번 주겠다. 지금부터 내가 하는 말을 잘 들어라. 그럼 살 수 있다.”

“꿀꺽!”

“강산은 지금까지 오락실과 불법 주점, 성매매 등으로 돈을 벌었다고 들었다. 이제 놈을 벌하는 일만 남은 셈이지.”

“그렇다는 것은…….”

“강산의 조직을 아주 두드려 부숴 버릴 것이다.”

신철민은 강수에게 목숨을 걸고 충언을 올렸다.

“보스, 아니, 형님?”

“아무렇게나 불러라.”

“예, 형님. 강산은 꽤나 큰 조직을 가지고 있습니다. 우리가 어떻게 건드릴 수 있는 놈이 아니라는 소리입니다. 우리처럼 어중이떠중이 토막장사들이 함부로 덤볐다간 뼈도 못 추릴 겁니다.”

"뒷배엔 내가 있다. 걱정하지 마라. 머릿수는 알아서 채워 줄 테니. 한 200명이면 되나?"

"그, 그건 그렇지만……."

"강산은 죽을 것이다. 그러니 두려워할 필요 없다. 만약 놈들이 보복한다면 내가 놈들을 다시 보복할 테니 걱정할 것 없어."

"알겠습니다."

이제 그들은 강수의 수족이 되어 강산을 제거하는 데 일조할 것이다.

*　*　*

상남 한복판에 위치한 지하 가옥.

이곳은 서울 강산파가 운영하고 있는 대규모 불법 오락실이다.

삐비비비비빅!

—고래, 고래! 고래가 잡혔네요!

"오오오! 고래다!"

바다에 있는 생명체를 테마로 만든 오락기, 일명 '바다이야기'는 이미 단속으로 없어졌다고 알려져 있다.

하지만 이곳에선 그 바다이야기가 버젓이 성행하고 있으

며, 심지어는 억대 도박도 아무렇지 않게 자행되고 있었다.

또한 도박장의 이곳저곳에선 그저 천막 하나만 쳐놓고 성매매가 이뤄지는 경악스러운 풍경도 연출되고 있었다.

한마디로 이곳은 범죄의 온상, 사회의 악들이 모여 있는 암세포 소굴이나 마찬가지였다.

그런 그곳으로 양철파 조직원 20명이 들이닥쳤다.

콰앙!

"뭐, 뭐야?!"

"세월 한번 좋군. 누군 손 병신이 되어버렸는데."

"양철파 도끼?"

"죽어라!"

신철민은 손도끼로 자신을 알아본 사내의 머리통을 후려갈겨 버렸다.

퍼억!

푸아아아아악!

"꺄아아아아악!"

"이런 미친 새끼를 보았나?!"

"그래, 나 미쳤다! 조져 버려!"

"예, 형님!"

양철파 조직원들은 오락실 안을 종횡무진 누비며 조직원과 이곳을 이용하는 이용자들을 무차별적으로 구타하기 시작했다.

펑펑펑펑펑!

"크헉! 이런 개새끼! 배신이냐?!"

"배신은 무슨, 너희가 언제부터 우리 식구였냐?"

한창 전투가 이뤄지는 현장, 이곳으로 강산파 조직원 40명이 구원 병력으로 투입되었다.

쾅!

"이런 개새끼들! 싹 밀어버려!"

"예, 형님!"

이제 싸움은 20대 40, 아니, 그보다 훨씬 더 불리한 싸움으로 변해 버렸나.

하지만 양철파 조직원들은 오히려 홀가분하다는 표정이나.

"그래, 차라리 여기서 죽자."

"예, 형님."

바로 그때, 문이 거칠게 열리며 일반인의 족히 두 배는 될 법한 덩치의 사내들이 우르르 쏟아져 들어왔다.

그리고 그 선두에 선 사내가 다소 어눌한 발음으로 외쳤다.

"죽여라!"

"크룩, 크룩!"

양철파 조직원들은 모두 흰색 양복에 빨간색 장미를 가슴에 매달고 있었는데, 의문의 사내들은 그들을 제외한 모두를 무자비하게 구타하기 시작했다.

퍽퍽퍽!

"끄웨에에엑……."

특히나 강산파 조직원들은 가슴이 으깨지거나 머리가 으스러져 죽는 경우도 있었다. 이것은 사내들이 휘두른 무지막지한 크기의 망치 때문이었다.

일반인은 들고 다니는 것조차 힘들 정도로 무식하게 큰 망치에 얻어맞고도 멀쩡히 살아남는다는 것은 어불성설이다.

양철파 조직원들은 그 광경을 바라보며 할 말을 잃어버렸다.

"이, 이게 바로 그분의 저력이라는 건가……."

"형님, 우리 이제 어쩝니까? 진짜 제대로 걸린 것 같은데."

"젠장, 그러게 말이다."

사내들은 여자와 외부인만 남기고 모두 다 죽이거나 불구로 만들어 버린 후에야 구타를 멈추었다.

"크룩, 그만!"

"크룩……."

"철수!"

"크룩, 크룩!"

안면을 검은색 천으로 가리고 있어 자세한 것은 알 수 없었지만 그들은 두꺼운 목소리로 알 수 없는 말을 지껄이고 있었다.

아마도 그것은 조직원들끼리만 통하는 은어인 것 같았다.

"대단하군. 저런 조직력이라니……."

"아마도 경찰 조사를 피하려는 목적이겠지요. 그러니까… 위장을 한 겁니다."

"으음, 과연 그렇군."

이제 양철파 역시 감탄만 하고 있을 수는 없는 입장이다.

"이크, 늦겠군. 어서 가자!"

"예!"

어차피 강수를 통해 경찰에 고발당하면 무기징역이 떨어질 것이지만 이대로 철창신세를 질 수는 없는 노릇이었다.

그들은 의문의 사내들을 따라 오락실을 빠져나갔다.

제3장

단죄, 당한 것은 백배로

강산은 자신의 휘하에 있는 영업소 네 곳이 초토화되었다는 보고를 받았다.

그는 이 사건이 양철파의 주도하에 벌어졌다고 들었지만 도무지 믿을 수가 없었다.

양철파는 그에게 일거리를 받아 강산파에 붙어사는 기생충 같은 존재들이기 때문이다.

"미친놈들이군. 밥벌이를 던져주었더니 이제는 칼을 들이대는군."

강산의 충복 김명두가 조금 다른 견해를 피력했다.

"혹시… 양 회장이 손을 쓴 것 아닐까요?"

"양만철이?"

"아무리 생각해 봐도 피해자들의 증언이 너무도 이상합니다. 양철파의 조직원은 아무리 많아봐야 50명을 넘지 않을 겁니다. 그 이상의 조직원들은 어둠 속에 묻혀 모습을 잘 드러내지 않으니까요."

"으음."

"그럼에도 불구하고 100명이 넘는 사내가 우르르 들이닥쳤다는 증언이 나오는 것을 보면 뭔가 꿍꿍이가 있는 것이 분명합니다."

"그래, 확실히 그건 그렇군."

강원도 건달들의 뒷배이자 양만철의 오른팔이던 허영수가 죽었으니 이제 그 조직은 다시 양만철에게 돌아오게 되어 있다.

그렇다면 강산이 양만철에게 정리되는 것도 무리는 아닐 것이다.

"…일이 복잡하게 되어버렸군."

"만약 정말로 양 회장이 움직인 것이면 우린 어떻게 해야 합니까?"

"어떻게 하긴, 놈을 먼저 치든지 죽든지 양단의 결정을 내려야지."

"…형님, 다른 사람도 아니고 양 회장입니다!"

"그럼 어쩔 수 있나? 내가 먼저 죽게 생겼는데."

"하지만……."

강산은 살며시 눈을 감았다.

"우리가 여기까지 오는데 얼마나 많은 고생을 했는지 한번 생각해 봐. 이대로 떼죽음을 당할 수는 없는 노릇 아니냐?"

"혀, 형님, 하지만……."

"어머니와 동생을 생각해라. 네가 죽으면 가족은 누가 돌보냐?"

"……."

그는 김명두의 어깨에 손을 올리며 말했다.

"간단하다. 양 회장만 제거하면 모든 일이 일사천리로 풀려."

"하지만 쉽지 않은 일입니다, 형님."

"쉽다곤 안 했다. 하지만 해야 하는 일이지."

"후우……."

김명두는 이내 그를 따르기로 했다.

"이 명두, 형님 때문에 건달 시작했습니다. 끝까지 한번 가보겠습니다."

"그래, 잘 생각했다. 조용히 스케줄 좀 빼내봐."

"예, 형님."

두 사람은 다시 한 번 의기투합했다.

* * *

울진 카지노 단지 조성 현장.

이곳으로 약 40명에 달하는 건달이 몰려왔다.

부아아아앙!

총 넉 대의 승합차에 나누어 탄 그들은 오늘 부지 매입을 방해하는 주민들을 제거하기 위해 투입되었다.

총 열 팀으로 나누어진 인원이 마을 이곳저곳을 돌아다니면서 쓸데없이 값을 올리려는 지주들을 모두 제거할 예정이다.

그렇게 되면 카지노를 건설하는 데 잡음이 줄어들어 안전편하게 공사를 진행할 수 있게 될 것이다.

"형님, 이제 곧 마을에 도착합니다."

"그래……."

동생들을 이끌고 현장으로 향하는 김명두의 얼굴은 어둡기만 했다.

'양 회장이라…….'

지금 이 상태에서 양만철 회장과 마찰을 빚으면 공사고 뭐고 모든 것이 물거품이 되고 말 것이다.

하지만 10년 넘게 동고동락한 강산을 버릴 수도 없는 노릇이니 머리가 복잡해져 왔다.

"후우……."

"왜 그러십니까?"

그의 직속 동생들은 보스를 걱정하듯 묻는다.

"아무것도 아니다."

"또 집안에 무슨 일이 생기신 모양이군요."

"뭐, 그런 셈이지."

"우리도 이젠 좋은 스폰서 하나 잡아서 크게 한탕 해야 할 텐데요. 그래야 가정사도 편안하지요. 게다가 언제까지 강산 형님 밑에서 허드렛일이나 할 순 없지 않습니까?"

"뭐?"

"아니, 그렇지 않습니까? 강산 형님은 형님에게 궂은일 다 시켜놓고 자신은 정작 고기반찬에 계집질이나 하고 있지 않습니까."

"그런데 이 새끼가!"

짜악!

"아무리 그래도 그렇지 어디 형님을?!"

"…죄송합니다. 하지만 맞는 말 아닙니까?"

"……."

"우리도 이젠 좀 건달답게 살아봐야 할 것 아닙니까."

그는 깊은 한숨을 내쉬었다.

"조금만 기다려라. 내가 형님과 협상을 벌이는 중이니 조만간 사정이 좋아질 거다. 부지 조성이 끝나고 공사에 들어가면 두당 1억씩은 떨어진다. 그럼 우리도 제대로 된 사업 좀 해볼 수 있어."

"그렇다면 다행이지만……."

동생들과 무거운 대화를 주고받을 때다.

부아아아아앙!

"어, 어어어어?!"

"형님! 앞에 누가 길을 막고 있습니다!"

"뭐야?!"

이윽고 길을 막고 있는 차량들 뒤로 열 대나 되는 승합차가 모습을 드러냈다.

순간, 김명두는 이들이 모두 적이라는 사실을 감으로 깨달았다.

"젠장! 뒤로 차를 물려!"

"예!"

하지만 그들이 후진하려는 찰나, 뒤에서도 열 대의 차량이 모습을 드러냈다.

부아아앙!

"형님! 앞뒤가 모두 다 막혔습니다!"

"제기랄! 이런 말도 안 되는 경우가……!"

"이제 어쩝니까?!"

김명두는 양만철에게 해명할 기회도 없이 사면초가에 몰리고 말았다.

"어쩔 수 없다! 모두 차에서 내려! 밀어버리는 거다!"

"예, 형님!"

그의 동생들이 차에서 내려 적을 향해 달려갔다.

* * *

스무 대의 승합차에 올라타 있는 오크들은 모두 하나같이 엔트의 껍질로 만든 보호구를 착용하고 있었다.

얼굴은 짙게 선팅이 된 헬멧으로 가리고 있어 그저 덩치가 아주 큰 사내들로 보였다.

운전대를 잡은 양철파 조직원들이 그들에게 신호를 주었다.

"갑시다."

"크룩, 크룩!"

이윽고 자동차에서 내린 오크들이 강산파 조직원들을 향해 달려갔다.

퍽퍽퍽퍽!

망치와 몽둥이로 사정없이 차량을 내려치자 그 안에서 강산파 조직원들이 줄을 지어 달려 나왔다.

"밀어버려!"

"예, 형님!"

"크룩, 크룩!"

오크들을 향해 달려드는 사내들. 하지만 그들의 두 배에 달하는 오크들의 덩치를 밀어낼 수 있을 리가 없었다.

퍽퍽퍽퍽!

"크헉!"

"이런 개새끼들!"

"형님, 호구 때문에 칼이 들어가지 않습니다!"

"젠장! 어쩔 수 없다! 주먹으로 두들겨 패서라도 놈들을 밀어내!"

오크들은 사정없이 망치로 강산파 조직원들을 두들겨 패 있다. 개중에는 두개골이 골절되어 목숨을 잃거나 갈비뼈가 으스러진 이들도 있었다.

빠악!

"쿨럭쿨럭!"

"형님!"

"크룩, 크룩!"

강수의 통제에서 잠시 벗어난 오크들은 자신들의 앞에 있는 건달들에게 지금까지 쌓아두었던 폭력성을 마음껏 표출했다.

맞고 또 맞고 너무나 많이 맞아서 형체를 알아볼 수 없는 조직원들.

바로 그때였다.

그들 뒤에서 강수가 모습을 드러냈다.

"그만, 그만해라."

"크룩, 크룩……."

강수의 등장과 동시에 매타작을 멈추는 오크들. 그는 대퇴부가 골절되어 버린 김명두에게 다가갔다.

"허억, 허억……."

부상으로 인해 거칠게 숨을 몰아쉬고 있는 김명두. 강수는 그에게 담배를 한 대 권했다.

"피우겠나?"

"누, 누구냐?! 어떤 개새끼이기에 이런 말도 안 되는 짓을……."

"말로 해선 안 되는 놈이군."

강수는 그의 얼굴에 주먹을 꽂아 넣었다.

퍼억!

"크어억!"

주변으로 그의 어금니와 함께 선혈이 튀어 올랐다.

강수는 주먹에 묻은 피를 김명두의 상의에 스윽 닦아내곤 다시 말을 이었다.

"한 대 피우겠나?"

"아, 알겠다."

그제야 강수가 건넨 담배를 받은 김명두는 떨리는 손으로 불을 붙였다.

치익!

"후우……."

강수는 그런 그의 곁에 앉아 조용한 어투로 물었다.

"내가 하나만 묻지. 지금 네가 감옥에 들어가서 한 열 바퀴 돌다 나오면 몇 살이냐?"

"뭐, 뭐라?"

"난 너를 감옥으로 보낼 것이다. 하지만 그전에 기회를 한 번 주도록 하지. 네가 행동하기에 따라 네 가족이 굶어 죽지 않을 수도 있다는 소리야."

"……!"

이미 강수는 양철파 신철민에게서 강산파 조직원들에 대한 정보를 모두 수집한 상태이다.

그는 김명두에 대해서 아주 면밀하게 조사하였고, 그가 어떤 성향이며 무엇을 두려워하는지 파악하고 있었다.

김명두는 나름대로 의리가 두터운 편이지만 가족에 대한

애착도 큰 사람이었다.

그런 그가 가족이 거리에 내몰리는 꼴을 가만히 두고 볼 리 없었다.

"네 형님을 네가 직접 보내고 그 자리에 네가 앉아라. 어떤가?"

"…지금 나더러 쿠데타를 일으키라는 소리인가?"

"어차피 놈은 내가 알아서 처리할 것이다. 그러니 너는 조직을 장악하기만 하면 된다는 소리다."

"허, 허어……."

"어떤가?"

잠시 생각에 잠겨 있던 김명두. 하지만 그는 얼마 지나지 않아 강수에게 줄을 대기로 마음먹었다.

"좋다, 네가 나를 밀어주는 대가가 무엇인지만 알려다오. 그럼 너를 따르겠다."

강수는 강산파 휘하에 있는 건설사와 물류회사 등에 대해 물었다.

"내가 듣기론 강산건설과 강산물산이 너희들 휘하에 있다고 들었다. 그 회사를 내가 인수해야겠다. 그 인수 건을 네가 해결해 주면 나는 너를 살려두고 충분히 사용해 주겠어. 그 대가도 확실히 보장하고 말이야."

"한마디로 우리 조직의 대부가 되겠다는 말인가?"

"뭐, 그 비슷하다고 할 수 있지."

어차피 강수는 자신이 취할 것만 취하면 죄질이 극악한 놈들은 감옥으로 보내 버릴 것이다.

사람의 배를 갈라 밥을 벌어먹은 양철파는 물론이고 사람을 죽여 먹고사는 강산 역시 그렇다.

하지만 그 밑에서 생계 때문에 어쩔 수 없이 허드렛일을 한 김명두는 당분간 살려둘 생각이다.

물론 강수가 회사를 인수하게 되면 그는 언제 버려질지 아무도 알 수 없다.

일이야 어찌 되었든 김명두는 지금 당장은 목숨을 연장하게 된 셈이다.

"알겠다. 그럼 내 직속부하들은 남겨두고 윗선만 처리하는 것으로 하지."

"그래, 그렇게 하자."

강수는 그의 손을 잡아 자리에서 일으켰다.

* * *

카지노 부지 정리를 비롯하여 각종 업무로 인해 과중한 스트레스를 받은 강산은 강남에 위치한 안마시술소를 찾았다.

얼굴을 수건으로 가린 그는 안마의자에 앉아 맹인안마사

의 안마 서비스를 받고 있었다.

뚜둑, 뚜둑!

"으음……."

"사장님, 요즘 무슨 고민이 있으신 모양이군요. 과중한 스트레스는 독입니다. 관리를 잘하시지요."

"고맙네."

강산은 이곳을 오 년째 이용하고 있는데, 처음 조직의 보스가 되었을 때부터 줄곧 애용해 왔다.

자신의 몸을 맡기는 안마사와는 상당히 친분이 두터운 편이며, 가끔 사석에서 식사를 하는 경우도 있었다.

맹인안마사는 그의 뭉친 어혈을 풀어주고 피로를 말끔하게 가시게 해주었다.

"좋군."

"시원하십니까?"

"이대로 조금만 더 강하게 압박해 주게."

"예, 알겠습니다."

안마사의 시술이 극에 달해갈 즈음, 불현듯 그의 손이 멈추었다.

"으음? 무슨……."

뒤로 고개를 돌리는 강산, 이내 그의 머리로 둔탁한 타격이 전해졌다.

퍼억!

"크헉!"

"어이, 강산이. 누구는 반병신 신세가 되었는데 혼자서 안마라……. 세월 좋구나."

"허억, 허억……."

흐려지는 시야 너머로 보이는 사람의 얼굴은 다름 아닌 양철파 보스 도끼였다.

"신철민! 네가 어째서……?"

"나도 먹고살아야 할 것 아니냐? 이대로 죽을 수는 없는 노릇이니."

"무, 무슨 개소리를……."

"아무튼 사정이 그렇게 되었다."

이죽고 신철민은 그의 머리를 다시 한 번 거칠게 가격했다.

퍼억!

"으헉……."

"잘 자라."

그는 부하들과 함께 강산을 이끌고 안마소를 나섰다.

서울 팔공산 자락에 위치한 산등성이 어딘가에 강산은 땅속에 머리만 내놓고 앉은 꼴이 되었다.

휘이이이잉!

산들바람이 불어와 그의 얼굴을 간질이자 그가 번쩍 눈을 떴다.

"허, 허억!"

이윽고 그의 앞에 선 사내가 다가와 말을 건넸다.

"형님, 잘 계셨습니까?"

"며, 명두?!"

"듣자 하니 저에게 지주들을 작업하도록 해놓고 안마나 받고 계셨다더군요. 세월 참 좋으십니다."

"이, 이 새끼가……!"

그는 곁에 있는 부하들에게 강산의 팔을 빼낼 것을 명령했다.

"삽으로 조금만 파내라."

"예, 형님."

퍽퍽퍽퍽!

밖으로 팔을 빼내도록 시킨 김명두는 그에게 인감도장과 함께 회사 이전 등기를 건넸다.

"서명하시지요."

"뭐, 뭐라?! 그런데 이 새끼가……."

"여기서 다 죽을 수는 없는 노릇 아닙니까? 그러니 제가 시키는 대로 하십시오. 그럼 최소한 몇 명은 살아남을 수 있을 겁니다."

강산은 도대체 양철파 보스와 자신의 충복 김명두가 무슨 소리를 하는지 도통 이해를 할 수가 없었다.

"…도무지 이해할 수 없군. 도대체 누가 우리를 죽인다고 난리를 치는 것이냐?"

"알 것 없습니다. 알아서 좋을 것도 없고요."

"이 개새끼야, 아무리 그래도 나는 너의 보스였다! 그 정도는 알려줘야 하는 것 아닌가?!"

"……."

침묵으로 일관하는 김명두. 강산은 그제야 자신을 이렇게 만든 사람을 추론하여 그 결론에 도달했다.

"양 회장! 양 회장 이 개새끼!"

김명두는 울화통을 터뜨리는 강산에게 조용히 말했다.

"지금 자수하시면 최소한 죽는 일은 없을 겁니다. 그동안 조직은 제가 알아서 관리하고 있을 테니 한 열 바퀴만 돌다 나오시지요. 학교 안에 동생도 많지 않습니까?"

"…개새끼! 이러고도 네가 무사할 성싶으냐?!"

"너무 그러지 마십시오. 저희도 이러고 싶어서 이러는 것이 아닙니다. 잘 아실 것 아닙니까?"

강산은 이제 자신에게 주어진 기회가 별로 없다는 것을 깨달았다.

"다른… 다른 방법은 아주 없는 건가?"

"지금 도장을 찍으시면 제가 밀항선을 준비하겠습니다. 그것을 타고 도망가시지요. 돈은 충분히 마련해 두었습니다."

그나마 감옥보다는 밀항선을 타는 것이 나을 터. 강산은 결심을 굳혔다.

"후우, 알겠다. 그럼 나를 일본으로 보내다오. 그 조건으로 도장을 찍겠다."

"잘 생각하신 겁니다. 찍으시지요."

결국 도장을 찍어버린 강산. 그는 이제 더 이상 강산파의 보스가 아닌 일반인 강산으로 돌아왔다.

* * *

강원도 태백에 위치한 작업장.

강수는 이곳에서 돼지고기를 구워 랄프와 함께 소주를 마시는 중이다.

치이이이이익!

지글지글 익어가는 고기 사이로 두 사람은 잔을 주고받았다.

"한잔하지."

"그래."

팅!

소주잔을 부딪친 두 사람은 그대로 술잔을 비웠다.

꿀꺽!

"크흐, 좋구나!"

"소주라서 좀 실망했나?"

"그럴 리가 있나? 술이라면 다 좋은 것이지."

"후후, 그래."

두 사람은 오늘 푸짐하게 고기를 차려놓고 마음껏 술을 마실 요량이다.

그런 그들에게 사내 둘이 모습을 드러냈다.

"저희들 왔습니다."

"그래, 왔나? 좀 앉지."

"예, 감사합니다."

방금 전 서울에서 강원도로 올라온 김명두와 신철민이 강수에게 서류봉투를 건넸다.

"회사 이전 등기와 주식 양도 각서입니다. 이젠 당신이 강산파의 보스이자 강산건설의 사장님이십니다."

강수는 그들에게서 서류를 받아 들어 등기에 자신의 이름이 들어갔는지 확인해 보았다.

"으음, 좋군. 그런데 보스라는 호칭은 좀 걸리는군. 내가 무슨 건달도 아니고 말이야."

"죄, 죄송합니다."

그는 두 사람에게 술잔을 건넸다.

"한 잔 받아라."

"감사합니다."

이내 소주를 비운 두 남자에게 강수가 말했다.

"이제 정리할 것은 정리해야지."

"…알겠습니다."

신철민은 떨리는 손으로 전화기를 받아 들었다.

"자수하면 목숨은 살려주겠다. 조직원들 역시 모두 함께 들어갈 것이고."

"자비를 베푸시면……."

"죽고 싶은 건가?"

"죄, 죄송합니다."

강수는 양철파 조직원 전부를 죽이는 대신 감옥에 들어가 죗값을 치르도록 했다.

지금까지 벌여온 인신매매와 장기 밀매에 대한 대가를 충분히 치르고 갱생하는 것이 그 목적이다.

물론 그들의 자행한 사악한 짓에 비하면 아주 경미한 정도지만 그래도 법대로 처리하는 편이 낫다고 판단한 것이다.

"짐승에서 사람이 된다면 그땐 너를 사람처럼 쓸 생각도 있다. 그러니 죗값을 치르고 나와 떳떳하게 살아라."

"예, 알겠습니다."

신철민은 강수에게 반항하면 어떻게 되는지 뼈가 저리도록 잘 알고 있다.

그렇기 때문에 순순히 전화를 받아 들어 자수하려는 것이다.

"경찰이지요? 자수를 하려고 합니다."

그런 그를 바라보는 김명두의 표정도 좋지 못했다.

자신 역시 언제 경찰서 쇠창살에 갇힐지 모른다는 불안감과 함께 그에 대한 연민이 든 것이다.

강수는 안쓰러운 눈을 하고 있는 김명두에게 물었다.

"놈은 어디에 있나?"

"바다로 향하는 중입니다. 확실히 처리하는 모습을 보여드리기 위해 생중계를 해드릴 생각입니다."

"그것 참 좋군."

이윽고 그가 어딘가로 전화를 걸었다.

영상통화를 받은 한 사내가 그에게 꾸벅 고개를 숙인다.

—형님, 나오셨습니까?

"그래, 작업은 어떻게 진행되고 있나?"

—준비는 모두 끝났습니다.

화면에 보인 강산은 몸통에 40kg 상당의 콘크리트를 매달고 있었다. 만약 바다에 빠지면 다시는 수면 위로 올라오지 못할 것이다.

그가 화면 너머로 강수를 바라보며 외쳤다.

—죽일 것이다! 내가 죽어서 귀신이 되는 한이 있더라고 죽일 것이다! 으아아아악!

강수는 실소를 흘렸다.

"훗, 아주 지랄 발광을 하는군. 그런다고 뭐가 달라질 것이라고 생각하나?"

—크아아아아악!

이윽고 강수는 손가락을 까딱거렸다.

"처리해."

"예."

그의 명령에 따라 강산은 이내 바다에 빠져 그 목숨을 다했다.

풍덩!

—처리했습니다.

"혹시 모르니 그 자리에 한 30분 정도 대기하고 있다가 복귀하도록."

—예, 형님.

일을 모두 처리하고 전화를 끊은 김명두가 자리에서 일어섰다.

"그럼 저는……."

"그래, 이만 가봐라."

김명두는 자리에서 일어섰고, 신철민은 굳은 표정으로 경찰차를 기다렸다.

그를 버려두고 돌아서는 김명두는 지그시 눈을 감았다.

'잘 가라.'

더 이상 그가 할 수 있는 일은 아무것도 없었다.

다만 앞으로 강수의 손아귀에서 살아남을 수 있는 궁리를 해볼 뿐이다.

* * *

서울 펠리스호텔 스카이라운지.

양만철이 한 사내와 술을 마시고 있다.

"한 잔 받게."

"예, 회장님."

양만철과 마주한 사내는 국회의원 장성환으로 경기도 성남 일대에서 활동하던 건달 출신이다.

그는 허영수와 함께 양만철을 도와 부동산 사업을 하던 건달로 지금은 정계로 진출하여 양만철에게 힘을 실어주고 있었다.

"허 의원에 대한 소식은 들었나?"

"예, 회장님."

"잡음은?"

"없는 것 같습니다."

"다행이군."

장성환은 허영수가 실종된 것이 모두 양만철의 지시라는 것을 잘 알고 있다.

그리고 잘못하면 그 역시 허영수 꼴이 될 것임을 익히 잘 알고 있다.

"저는 결코 회장님을 실망시키지 않을 겁니다. 맹세할 수 있습니다."

"후후, 그래야지."

자신의 수족으로 사용할 때엔 확실히 밀어주는 양만철이지만 한번 어긋나기 시작하면 끝도 없이 잔인해진다.

그것을 잘 아는 장성환이기에 꼬리를 말고 몸을 납작하게 엎드리는 것이다.

양만철이 그의 충정을 확인하는 사이 노크 소리가 들렸다.

똑똑.

"들어오게."

"회장님, 전화 왔습니다."

"전화?"

"비서실장입니다."

"바꾸게."

수행비서가 전해준 핸드폰을 받은 양만철이 말했다.

"나다."

—숙부님, 접니다.

"그래, 희진아. 무슨 일이냐?"

—문제가 좀 생겼습니다.

"문제?"

조카 희진은 이제 곧 총괄이사로 승진할 예정이지만 여전히 그의 눈과 귀가 되어주고 있다.

그녀는 특별하고 시급한 사안이 있으면 시간을 가리지 않고 전화를 했다.

아마도 이번에도 꽤나 무거운 사안임이 틀림없었다.

그것을 반증하기라도 하듯 그녀의 목소리가 상당히 낮게 가라앉아 있다.

—강산이 실종되었답니다.

"뭐? 강산이가?"

—예, 더군다나 우리가 만들어준 법인들이 다른 사람 이름으로 이전되었다고 하는군요.

"뭐라? 강산건설과 물산이?"

—예, 숙부님.

강산건설과 강산물산은 그가 암암리에 일을 진행할 때 사용하는 도구이자 비자금을 운반하는 운반책이다.

그를 위해 만들었고, 지금까지 잘 사용해 왔다.

그런데 그런 회사들이 모두 남에게 넘어갔다니, 그로선 무척이나 껄끄러운 일이 아닐 수 없었다.

"…빌어먹을 놈. 내 뒤통수를 치고 잠적한 건가?"

—아니요. 그렇지는 않은 것 같습니다. 듣기로는 강산 말고 다른 사람이 보스 자리를 꿰찼다고 합니다.

"으음, 다른 강산파 놈들은 어떻게 지내고 있다던가?"

—서열 3위인 김명두가 두목으로 올라섰다고 합니다. 윗선이 깡그리 정리된 것 같더군요.

"흐음. 신흥 세력이 일어선 건가?"

—그런 게 아닐까 생각합니다.

"아무튼 잘 알겠다."

이윽고 전화를 끊은 그는 찜찜한 표정을 지었다.

"젠장, 골치가 좀 아프게 생겼군."

"무슨 일이십니까?"

그는 장성환에게 지시를 내렸다.

"강산파를 장악한 놈이 있다. 놈을 찾아내."

"강산파를요? 강산이가 그렇게 쉽게 당할 놈이 아닌데……."

"원숭이도 나무에서 떨어지는 날이 있지."

건달계에선 꽤나 이름 있는 강산이 좌천되었다는 소식은

너무나 의외의 것이었다.

장성환은 연신 고개를 갸웃거렸다.

"그것참……."

"만약 뒷배가 있다면 그놈도 잡아내게. 깔끔히 처리하도록."

"예, 알겠습니다."

두 사람은 다시 한 번 잔을 부딪쳤다.

제4장
관계 악화

이른 오후, 강수는 충북 청주에 위치한 국제공항 인근의 카페를 찾았다.

이곳에는 내몽골자치구 환경과장이 그를 기다리고 있었다.

"이강수 씨?"

"왕하오 과장님 되십니까?"

"반갑습니다. 제가 왕하오입니다."

"이강수입니다."

왕하오는 강수에게 아주 정중하게 고개를 숙인 후 명함을 건넸다.

[내몽골자치구 환경과장 왕하오]

강수는 그 명함을 잘 갈무리한 후 입을 열었다.

“그나저나 의외의 일이군요. 중국 정부에선 식목 사업에 관심이 없는 줄 알았는데요.”

그는 고개를 가로저었다.

“그렇지가 않습니다. 그거야 녹지화가 극히 어려울 때의 이야기이고 지금처럼 사막 한가운데 숲을 만들어낸 사장님의 기술력이 뒷받침된다면 당연히 최선을 다해 사막화를 막아야지요.”

중국은 바로 몇 달 전까지만 해도 사막화 방지에 대해 전혀 무관심으로 일관하나 바로 지난 달부터 조금씩 관심을 갖기 시작했다.

이것은 중국이 G2 정상회담 이후에 세계 지도국 반열에 오르겠다는 강한 의지를 표명한 것과 같은 맥락일 것이다.

아무리 국력이 막강하다고 해도 세계적 이슈에 무관심하다면 더 이상의 발전이 없다는 사실을 중국 역시 깨닫고 있었다.

일이야 어찌 되었든 강수는 중국 정부에게서 녹지화 사업에 대한 러브콜을 받았고, 지금은 중국 재출장에 대해 아주 심각하게 고민하는 중이다.

"아시는지 모르겠습니다만 저는 저번에 무료로 나무를 심었습니다. 10만 평에 대한 대가는 제로였지요."

"물론이지요. 그때는 저희 내몽골자치구가 제2강원랜드에 대한 국채반환조건부 투자를 고사하기 위해 펼친 하나의 전략이었습니다."

"으음, 그렇군요."

"만약 원하신다면 적당한 가격을 책정해서 통보해 주십시오. 저희가 최선을 다해 수용해 드리겠습니다."

애초에 강수가 녹지 1만 평을 무료 봉사로 조성해 주고 난 후에 녹지를 추가로 조성해 놓은 것은 러브콜을 유도하기 위함이다.

녹지 10만 평을 조성해 주는 일은 생각보다 어려운 일로, 이것을 완성해 주고 나면 꽤 짭짤한 수익을 올릴 수 있게 된다.

아마도 벌목을 끝내고 다시 식목을 해주는 일에 비해 족히 열 배에서 스무 배에 달하는 금액을 받아도 전혀 이상할 것이 없을 것이다.

이제 강수는 자신이 원하는 대로 목적을 달성한 것이나 마찬가지인 셈이다.

"좋습니다. 적당한 선에서 협상을 끝마치고 곧바로 고비사막으로 날아가겠습니다.”

“잘 생각하셨습니다. 작업은 빠를수록 좋으니 협상안은 내일 당장 저희 정부에서 발행하여 전자우편으로 발송하겠습니다.”

“네, 알겠습니다.”

두 사람은 손을 맞잡았다.

* * *

내몽골자치구가 제안한 금액은 녹지 1평당 35만 원으로 총 350억의 묘목까지 양생시키는 조건이었다.

일반적인 잔디의 가격이 평당 3만 원가량이니 약 열 배 정도 남는 장사라고 볼 수 있다.

하지만 여기에 들어가는 인원이 200명, 거기에 중장비 가격까지 합하면 그렇게 비싼 금액이라고 볼 수도 없었다.

다만 제3, 4의 녹지 조성 계획에 러브콜을 받을 수 있다는 장점이 있었다.

강수는 김명두와 함께 강산건설에서 동원할 수 있는 중장비와 운송 장비들에 대해 물었다.

김명두는 회사에 남아 있는 재산에 대해 설명했다.

“시가총액은 천억 규모입니다만, 문제는 이 장비들이 실제론 존재하지 않는다는 것이지요."

"존재하지 않는다?"

"사실 처음 양만철이 회사를 차려주었을 때엔 실제 자산 규모가 천억을 넘었습니다. 하지만 지금은 비자금 등으로 사용하고 남은 것이 백억도 채 되지 않지요."

"흐음, 애초에 폭탄 돌리기나 하려고 만든 회사인 모양이군."

"그렇다고 볼 수 있습니다. 특히나 물산의 경우엔 그 사정이 조금 더 심합니다. 그나마 건설의 경우엔 강산이 회사를 직접 경영하고 있었기 때문에 내실은 나은 편입니다. 물산은 청주에 있는 본사 건물 십만 평을 제외하면 아예 자산이 없다고 볼 수도 있지요."

처음부터 강수는 이 유령회사들을 규합하여 후일을 도모하려고 했다.

하지만 실제로는 그 사정이 조금 더 심각한 모양이었다.

"놈들이 재산을 은닉하는 방식은 어떻게 돌아가고 있지?"

"컨테이너나 운반 차량 등을 구매해서 회사 재산으로 등록시킵니다. 그리고 그것을 헐값에 다시 사들입니다. 그런 후에 제3자의 명의로 다시 팔아서 이득을 챙기는 것이지요. 사실 이 차는 이전 기록만 있을 뿐 전문 차량 딜러를 끼고 있기에 가격은 변동이 없습니다. 이렇게 돈세탁을 해서 차명계좌에 집어넣는 겁니다. 그렇게 되면 놈이 어떻게 돈을 꼬불치는지 알 도리가 없지요."

"양만철 이 새끼가 생각보다 상당히 영악한 놈이군."

"무려 30년 동안 부동산 사기로 잔뼈가 굵은 놈입니다. 그만한 잔머리는 충분히 돌아가지요."

"그렇다면 지금 회사에 남은 차량은 얼마나 되지?"

"트레일러가 한 대, 5톤 차량이 두 대, 1톤 차량 네 대입니다."

"중장비는?"

"기껏해야 포클레인 두 대나 될까요? 어차피 일전에 강산건설이 현장에 참여하는 방식은 양만철이 가진 회사에서 건설 장비를 렌탈해서 투입되는 방식이었습니다."

"그래서도 다 빚이요, 양만철의 주머니로 들어갔다가 나왔다 반복하는 식이군."

"예, 그렇습니다."

강수는 잠시 생각에 잠겼다.

"우리가 가진 지분이 31%, 놈이 가진 지분이 30%에 나머지는 회사 주식으로 주주들에게 돌아가 있다고 했나?"

"예, 사장님."

"그럼 우리가 놈의 지분을 죄다 빼돌리면 어떻게 되는 거지? 더 이상 놈이 회사에 관여할 수 있는 방법이 없어지는 것이지?"

"그렇긴 합니다만, 그럴 수 있는 방법이 사실상 없다는 것이 문제지요."

그는 고개를 가로저었다.

"아니, 있다. 마침 우리가 아주 좋은 무기를 손에 넣었거든."

"무기요?"

"후후, 그런 것이 있다."

의미심장한 미소를 짓는 강수, 김명두는 고개를 갸웃거렸다.

"아무튼 내가 지분을 털어먹을 기회를 잡는다면 네가 알아서 지분을 회수할 수 있겠나?"

"물론입니다. 그렇게 되면 놈이 비자금으로 처박아둔 재산까지 죄다 털 수 있을 겁니다."

"좋아, 아주 짭짤한 장사가 되겠군."

그는 김명두에게 차편을 준비시켰다.

"그나마 회사 내부에 남아 있는 모든 장비를 다 털어서 준비해라. 중국으로 간다."

"예, 알겠습니다."

강수는 이대로 내몽골자치구와의 계약에 서명하기로 했다.

* * *

내몽골자치구와의 계약을 마무리하는 단계에 강수는 왕하오에게 비공식적인 조건을 내걸었다.

그가 내건 조건은 제2강원랜드를 태백에 건설하는 것이었다.

"태백이라……. 굳이 그렇게 되어야 하는 이유가 있으신지요?"

"제가 부동산으로 이득을 보려는 것은 아니지만 다른 쪽으로 이득을 볼 수 있습니다."

"이득이라……."

"이를테면 수가 보수와 같은 것이라고 보면 편할 것 같군요."

왕하오는 이것이 국가적 사업이라는 것을 강조했다.

"국가 간에 거래가 있었습니다. 그 틈바구니에 일반인이 끼면 일이 매끄럽지 못해집니다."

"알고 있습니다. 하지만 이대로 두었다간 또 일이 틀어질 것 같기에 드리는 말씀입니다."

"일이 틀어진다니요?"

강수는 일전에 있던 사건에 대해 설명했다.

"정선 북부에 부동산 사기극이 벌어졌습니다. 그 이후에 다시 그곳에 카지노 부지를 떡하니 내정시켰지요. 그 바람에 한 파렴치한이 부당 이득을 챙길 뻔했지요. 다행히도 지금 국민당이 분열되어 정책이 틀어졌지만 말입니다."

"흐음, 그런 일이……."

"어차피 사업을 진행할 것이라면 깔끔하게 끝을 맺어서 투자금을 반환받는 것이 중국 정부 입장에서도 깔끔하지 않겠습니까?"

"그건 그렇지요."

"과장님 측에서 국민당에 압박을 조금만 넣어주신다면 충분히 잡음 없이 부지를 선정할 수 있을 겁니다."

왕하오는 강수가 어떤 이득을 취할지 전혀 알지 못하고 있지만 그가 내건 제안이 딱히 나쁘다고는 생각되지 않았다.

그 어떤 투자자라도 사업이 자빠져 원금도 제대로 못 돌려받는 것을 원하지는 않기 때문이다.

게다가 이것은 공사 조건을 조금 더 조절할 수 있는 일이기도 했다.

"좋습니다. 하지만 저희도 조건을 하나 더 내걸어야겠네요."

"말씀하시죠."

"가격을 조금 내리는 것이 어떻겠습니까?"

"원하시는 가격이 있으십니까?"

애초에 강수는 자신이 이런 조건을 내걸면 상대방이 뭔가를 더 바랄 것이라고 생각했다.

시원시원한 그의 대답에 왕하오가 조건을 제시했다.

"평당 32만 원. 이 가격에 시공해 주실 수 있다면 그 제안을 받아들이겠습니다."

"너무 싸군요. 34만 원 어떻습니까?"

"33만 원. 이 정도로 절충하시지요."

상당히 가격이 급락하는 면이 있지만 어차피 그가 받아낼 비자금을 생각하면 그렇게 밑지는 장사도 아니었다.

"좋습니다. 그렇게 하지요."

그는 강수에게 계약서를 한 장 더 내밀었다.

"이것은 저희가 혹시 몰라서 만들어두었던 비공식 특약 계약서입니다. 사장님께서 추가 협상에서 다시 뭔가 제안하실 것이 있다고 했을 때 어느 정도 예상을 했지요."

"후후, 그렇군요."

두 사람은 자신들이 내건 계약 조건을 계약서에 기술하곤 계약서를 붙여 서명했다.

그리고 계약서 중간에는 정부의 인장과 강수의 지장을 찍었다.

이윽고 강수는 그가 내민 손을 잡으며 말했다.

"일은 암암리에 진행하셔야 합니다. 괜히 소문나면 좋을 것 하나도 없으니까요."

"물론입니다. 저희도 잡음을 없애기 위해 하는 일에 날파리가 꼬이는 것은 원치 않습니다."

적당한 가격에 대한 협상을 매듭지은 강수는 곧장 중국으로 향했다.

*　　*　　*

양만철 회장이 경영하는 북동그룹은 30년 전부터 대한민국 암흑 경제를 좌지우지했다.

겉으로는 시멘트 공장과 토목업으로 건실한 이미지를 구축하고 있지만 그 속은 전혀 그렇지가 않았다.

부동산 투기는 물론이고 기업 사냥과 정치 로비 등으로 이윤을 남겨먹은 후 그것을 지하경제에 재투자하여 손익을 올렸다.

이에 동원되는 조직폭력배의 숫자만 한 해에 약 1,500명 정도이며 그들이 사사로이 거느린 부하들까지 합한다면 정확한 수를 헤아리기 힘들었다.

그런 그들이지만 주주총회나 이사회를 소집하여 정확하게 이해관계를 정리하고 법적으로 기업을 이끌어 나갔다.

이번 북동그룹의 총괄이사 취임에 대한 이사회의 의견이

첨예하게 대립하고 있었다.

비서실장에서 곧바로 총괄이사로 승진하게 될 양희진에 대해 찬반이 엇갈려 이사들이 서로 편을 가른 것이다.

양만철 회장을 이어 서열 2위의 부회장 직함을 가진 김윤찬은 부산에서 올라온 건달이다.

부산 서면에서 그의 이름을 모르는 사람이 없을 정도로 유명한 주먹이며, 그가 움직이는 자산의 규모는 그룹 총 자산의 3분의 1에 달할 정도이다.

아무리 회장의 힘이 강력한 북동그룹이라곤 해도 그룹을 혼자 이끌어가는 것은 아니기 때문에 모두를 납득시켜야 이사 계열에 양희진이 등용될 수 있을 터였다.

그중에서도 특히나 김윤찬은 마음을 돌리기 힘든 사내다. 아니, 아마도 평생 그를 설득하는 것은 불가능한 것이다.

종국을 향해 달리는 모두의 목적은 1인자. 그 역시 회장 자리에 욕심을 갖고 있기 때문이다.

아마도 그 역시 자신의 핏줄을 총괄이사에 앉히려는 계획을 세우고 있을 터였다.

김윤찬은 거대한 몸을 의자에 살짝 파묻더니 다소 오만한 눈으로 양희진을 바라보았다.

"여자의 몸으로 총괄이사라니… 행동대장을 여자가 하는 조직도 있답니까?"

"능력만 출중하다면야."

"으음, 암탉이 울면 집안이 망한다는 속담도 모르십니까? 위험한 모험은 하는 것이 아닙니다. 잘 아시면서 그러시는군요."

"양희진 실장은 뛰어난 경영 능력과 조직을 이끄는 보스 기질을 가진 여자다. 더 이상 뭐가 더 필요하단 말인가?"

"확신이지요. 아직 마흔도 안 된 애송이에게 이사의 직함을 주는 것도 버거울 판에 총괄이사라니 이보다 더한 모험이 또 어디에 있습니까?"

김윤찬은 품속에서 사진을 한 장 꺼냈다.

"만약 총괄이사의 자리에 누군가를 앉혀야 한다면 차라리 능력을 인정받은 사람으로 하는 것이 옳은 줄로 압니다."

그가 건넨 사진 속의 인물은 일본 가부가초에서 호스트 장사를 하고 있는 김성환 이사였다.

김성환은 어려서부터 일본 야쿠자들과 어울려 다니며 세력을 키웠고, 지금은 화교들과도 꽤 두터운 친분을 유지하고 있었다.

중국 흑사회와 일본 야쿠자를 등에 업었다는 것은 그가 얼마나 탁월한 수완을 가졌는지 잘 알려주는 대목이다.

하지만 양만철은 그런 그의 주장에 정면으로 반박했다.

"우리가 필요한 간판은 건달이 아니라 전문 경영인이다. 최소한 석사 학위 이상의 인텔리가 필요하다는 소리지."

"그거야 얼굴마담으로 사용할 때의 얘기지요. 우리 그룹의 행동거지가 총괄이사에게 달렸는데 경영만 한 애송이가 그 자리에 앉아서 제대로 일을 할 수 있겠습니까?"

"으음……."

두 사람 사이의 의견이 좁혀지지 않자 양희진이 입을 열었다.

"제가 어떻게 하면 인정을 받을 수 있는지요."

"인정을 받는다?"

"원하시는 것이 있다면 말씀하시지요. 시키시는 일은 뭐든지 하겠습니다."

"흠, 그래?"

김윤찬은 그에게 서류 뭉치를 하나 집어 던지며 말했다.

"좋아, 그렇다면 자네에게 허영수가 맡고 있던 카지노 부지 선정에 대한 일을 맡긴다면 어떻겠나? 할 수 있겠나?"

"제2강원랜드 건 말입니까?"

"그렇다네."

지금 카지노 부지 선정에 대한 것은 정치적인 견해가 복잡하게 얽혀 있기 때문에 잘못하면 그룹이 투자한 금액을 한 푼도 건질 수 없게 될 수도 있었다.

그렇다고 섣불리 나섰다간 그룹이 다칠 수도 있으니 쉽사리 손을 쓸 수도 없었다.

만약 그녀가 이번 일을 성사시킨다면 그룹의 총괄이사는 당연히 양희진 앞으로 떨어질 것이다.

"좋습니다. 하겠습니다."

"오호, 정말인가? 잘못하면 자네는 물론이고 우리까지 다 다칠 수도 있어. 괜찮겠나?"

"한입으로 두말하는 놈들은 양아치입니다. 제가 그런 양아치로 보이십니까?"

순간, 그녀의 날카로운 일침에 김윤찬과 그의 수족들이 눈썹을 꿈틀거렸다.

그녀는 적당히 인텔리 기질을 보이면서도 건달 특유의 허세 가득한 기백을 잃지 않았다.

김윤찬은 그런 그녀를 바라보며 실소를 흘렸다.

"후후, 젊어서 좋군. 그래, 그 나이엔 그런 기백쯤 가지고 있어야 일을 할 수 있지."

그는 양만철에게 이번 딜이 성사되었음을 알렸다.

"뭐, 일이 이렇게 된 김에 한번 맡겨보시지요. 저는 동의합니다."

"괜찮겠나?"

"밑져야 본전 아닙니까? 만약 이번 일이 틀어지면 양희진 실장이 총대를 메면 될 것이고요."

"으음."

양만철의 입장에선 상당히 신중해야 하겠지만 이미 그녀가 판을 벌여놓은 상태이다.

그가 혼자서 어떻게 할 수 있는 일이 아닌 듯했다.

"좋다, 나 역시 이 의견에 따르도록 하지. 혹시 이견이 있는 사람이 있나?"

"없습니다."

"그렇다면 이대로 일을 처리하도록."

"예, 회장님."

이윽고 이사회가 마무리되었고, 양만철은 양희진을 데리고 회장 집무실로 향했다.

북동그룹 회장 집무실.

양만철은 낮게 가라앉은 목소리로 그녀에게 물었다.

"왜 그런 딜을 한 것이냐?"

"저 같은 애송이 계집애가 그룹의 총괄이사가 되려면 이 정도 딜은 해야 하지 않겠습니까?"

"하긴 그런 그렇군."

"너무 걱정하지 마십시오. 반드시 총괄이사의 자리에 앉겠습니다. 만약 실패한다면 제가 알아서 놈을 처리하겠습니다."

"후후, 그래그래."

어려서부터 돋보이던 그녀의 갱스터 기질은 이제 양만철

도 말리지 못할 정도가 되었다.

아마도 그의 뒤를 잇는다면 최고의 여장부가 될 것이다.

"그나저나 그 강산파를 장악했다는 그놈은 어떻게 하실 생각이십니까?"

"처분해야지."

그는 조카의 어깨를 가볍게 두드렸다.

"너는 당분간 총괄이사 취임에 대한 일만 신경 쓰거라. 내가 알아서 처리하마."

"송구합니다. 제가 처리해야 하는 일인데……."

"괜찮아. 개의치 말거라."

"예, 숙부님."

그는 복잡한 상황임에도 불구하고 평정심을 잃지 않았다.

"가자. 밥이나 한 끼 먹자꾸나."

"예, 준비시키겠습니다."

두 숙질은 회사를 나서서 식사 장소로 향했다.

* * *

정선에 위치한 집에서 이틀을 보낸 강수는 강산건설에서 조달한 차량에 각종 장비와 짐을 실었다.

그 모습을 바라보고 있는 동생 희수는 뭔가 단단히 심통이

난 표정이다.

"이럴 것이라면 왜 집에는 들어와?"

"뭐?"

"…쳇, 차라리 혼자 살고 말지."

"또 구시렁거리네. 네가 지금 그런 이유로 오빠에게 투덜거릴 군번이냐? 집에서 시집갈 준비나 해."

"피이."

이윽고 그녀는 집 안으로 들어가 버리자 김명두는 쓴웃음을 지었다.

"꽤나 우애가 좋군요."

"좋기는 무슨, 철이 없는 것이지."

"그게 그겁니다. 여동생이 철없이 행동하는 것도 오빠가 편해서 그런 것 아니겠습니까."

강수는 손을 내저었다.

"모르겠다. 어서 짐이나 실어."

"예, 사장님."

그는 강수의 지시에 따라 엔트 묘목과 씨앗 등을 차례대로 차에 실었다.

* * *

구 양철파 아지트가 있던 인천 부평구 소재 부화빌딩 앞.

이곳에 한 사내가 서 있다.

그는 바람이 불어올 때마다 흔들리는 문고리를 바라보며 고개를 갸웃거렸다.

"누군가 침입한 흔적이 보이는군."

이내 문을 열고 안으로 들어선 그는 그만 인상을 와락 일그러뜨리고 말았다.

"……!"

총 5층으로 된 부화빌딩 입구와 그 복도를 따라서 검붉은 혈흔이 마치 누더기처럼 얼룩져 있는 것이다.

이미 피와 살점은 부패하거나 굳어서 그 형체를 알아보기 힘들었고 역한 냄새까지 진동하고 있었다.

아무리 조직 간 전쟁이 일어난다고 해도 이 정도로 참혹한 광경이 펼쳐지지는 않는다.

그는 양철파 보스 도끼의 방으로 향했다.

도끼의 방으로 올라가는 2층에는 혈흔이 별로 남아 있지 않았지만 그의 사무실은 엉망진창이었다.

아마도 이곳에서 황급히 도망치느라 짐을 제대로 챙기지 못한 모양이다.

사내는 곧장 발길을 돌려 도끼가 도망가다가 누군가에게 잡힌 것으로 예상되는 비상구에 도달했다.

이곳 역시 사방에 혈액이 낭자했고, 계단 아래엔 뼈 조각이 남아 있다.

손뼈가 부러져 밖으로 날려간 것으로 보였다.

"손을 아작 낸 건가?"

그는 머릿속으로 당시의 상황을 프로파일링 해보았다.

아마도 의문의 사내는 도끼의 손을 굵고 날카로운 무언가로 찍어서 불구로 만들어버렸을 것이다.

그 후엔 그를 기절시켜서 끌고 나갔거나, 그냥 머리채를 쥐고 밖으로 나갔을 터이다.

"참으로 알다가도 모를 놈이군."

한참을 그 자리에 서서 고민하고 있던 그에게 전화가 걸려왔다.

따르르릉!

"나다."

—도끼를 수배했습니다.

"어디에 있다던가?"

—대전교도소에 있다고 합니다.

"그쪽으로 갔군."

—면회를 신청할까요?

"그래."

전화를 끊은 그는 다시 한 번 수화기를 들었다.

"실장님, 유신성입니다."

—좀 알아보았나?

"확실합니다. 프로의 소행입니다."

—인원은?

"아직 거기까진 모르겠습니다. 하지만 도끼를 만나서 몇 가지 질문을 해보면 답이 나오겠지요."

—알겠다.

이윽고 그는 대전교도소로 향했다.

* * *

양철파 보스 신철민은 장기 밀매 및 인신매매, 살인 교사와 조직폭력 등 열다섯 개의 죄목으로 기소되어 공판이 진행되고 있었다.

여론은 그가 법정 최고형인 사형을 받아야 마땅하다고 주장하고 있었지만 죄를 순순히 인정하고 자수하였다는 것이 정상참작으로 작용할 가능성도 있었다.

교도소 철창 안.

신철민은 자신을 찾아온 사내를 마뜩잖은 표정으로 바라보았다.

"이곳엔 무슨 일인가?"

"몇 가지 묻고 싶은 것이 있어서 말이야."

"이미 그 바닥에서 발을 뺀 지 오래다. 더 이상 뭘 더 뜯어 먹을 것이 있다고 찾아왔나?"

"그저 몇 가지 질문에 대답만 하면 된다. 그럼 죽지 않아."

신철민은 실소를 흘렸다.

"후후, 내가 죄를 많이 짓긴 지었군. 여기저기서 다 죽이겠다고 난리를 치는 것을 보면 말이다."

"법정에선 너를 죽일 수 없지만 나는 할 수 있다. 잘 알 텐데?"

그는 가만히 사내를 바라보더니 이내 슬그머니 강화유리로 가로막힌 면회실 벽을 거칠게 두드렸다.

쾅쾅쾅!

"면회 끝! 면회 끝!"

그러자 간수들이 들어와 그를 포박하고 면회실을 나섰다.

사내는 그런 그를 바라보며 말했다.

"기회는 한 번뿐이다. 다시 찾아오마."

신철민은 그에게 가운뎃손가락을 슬며시 내밀었다.

"이거나 먹어라! 나는 여기서 죗값을 치른다!"

"……."

이내 모습을 감춰 버린 사내는 실소를 머금었다.

"거참, 재미있는 놈이 물렸군."

그는 다시 자리에서 일어나 교도소를 나섰다.

* * *

고비사막 북부에 위치한 몽골과 내몽골자치구에 있는 협곡지대에 조성될 녹지는 총 20만 평으로, 지금까지 이뤄졌던 초목지대 형성 중 가장 어려울 것으로 예상되었다.

다행히도 중국 정부가 사막화에 대해서 조금씩 관심을 갖기 시작하면서 제1부지에 경찰 병력을 배치했다.

그 덕분에 강수는 온전히 제2녹지 조성에 힘을 쏟을 수 있게 되었다.

그는 100마리의 오크와 두 마리의 하이오크를 대동했다.

"크룩 투."

"크룩, 예, 마스터."

"이곳 협곡에 임시 막사를 세우고 편의 시설을 확충한다. 얼마나 걸리겠나?"

"크룩, 이틀이면 가능합니다."

"너무 길다. 하루 반나절 만에 끝내라. 이제 곧 겨울이 시작될 것이다. 시간이 없어."

"크룩, 예, 알겠습니다."

"크룩 원."

"크룩, 예, 마스터."

"너는 나와 함께 담수 시설을 확충하러 간다. 되도록 강산파 인원은 짐을 관리하고 창고를 설치하는 데 동원하고 주요 시설은 우리의 힘으로 확보한다. 무슨 소리인 줄 알지?"

"크룩, 예, 알겠습니다."

"좋아, 움직여."

"크룩, 크룩. 예, 마스터."

강수는 오크를 두 갈래로 갈라 작업에 착수했다.

협곡이 약 50㎞ 이상 이어지는 이곳은 유난히도 모래폭풍이 잦은 곳이다.

또한 겨울에는 폭설이 자주 내려 10월만 되어도 한 치 앞을 내다볼 수 없을 정도로 최악의 기후 조건을 가지고 있었다.

하지만 물이 흐르던 흔적이 있어 지하에는 염도가 다소 낮은 지하수가 흐를 것으로 기대했다.

쿠그그그그그그!

샌드골렘과 스톤골렘을 이용하여 땅을 파 내려간 강수는 그 주변에 미리 파이프를 연결하여 물을 퍼 올릴 수 있도록 했다.

깡깡깡!

공사용 망치와 말뚝을 이용하여 땅에 파이프를 고정시키

고 땅속으로 기둥을 넣어 그것을 지지하도록 했다.

이렇게 단단하게 지지를 해두어야 모래바람이 불어도 파이프가 날아가지 않을 것이다.

땅을 파 내려간 지 하루, 드디어 물이 하늘 높이 솟아올랐다.

푸하하하하하하!

"이곳에 펌프를 연결하고 물을 길어 올린다."

"크룩, 예, 마스터."

강수는 이곳에 펌프를 연결하고 난 후 곧장 파이프라인을 끌어다 협곡 양쪽에 연결시켰다.

이번 프로젝트는 협곡을 초목지대로 만들고 그 위에 인공강을 만들어 유지한다는 것이 그 목적이다.

유난히도 모래폭풍이 많이 부는 만큼 이곳 고비사막 북부는 황사가 발원되는 주요 지역이기도 하다.

그렇기 때문에 이곳을 가장 먼저 막아놓아야 추후에 나머지 지역을 초목지대로 구성해도 실패하지 않을 것이다.

강수는 스프링클러가 달린 파이프를 협곡을 따라 연결하고 그 뒤로 초대형 펌프를 추가로 달았다.

이렇게 수압을 높여놓으면 물을 공급하는 데 무리가 없을 것이다.

제5장 세상에 쉬운 일은 없다

10월 초, 한국은 한창 가을맞이 단풍놀이와 밭갈이가 한창이었다.

하지만 고비사막 북부의 10월은 그야말로 혹한의 연속이다.

휘이이이이잉!

강수는 벌써 나흘째 몰아치는 눈보라 때문에 인생 최대의 위기를 경험했다.

"젠장!"

"크룩, 벌써 네 번째입니다."

"이렇게 눈이 많이 오는 곳도 처음이군."

영하 50도가 넘는 고비사막의 겨울을 버티기 위해 강수는 이동식 유리 온실과 비닐하우스를 설치했지만 소용이 없었다.

적설량이 많은 것이 아니라 엄청난 칼바람을 타고 불어 닥치는 눈보라 때문에 유리 온실과 비닐하우스가 날아가 버린다는 것이 문제였다.

아무리 파풍망을 설치해 두었다곤 해도 고비사막의 엄청난 눈보라를 이길 수가 없었다.

강수는 콘크리트 벽이라도 세우고자 스톤골렘을 소환했다.

쿠그그그그그그!

"벽을 세워라!"

녀석은 폭이 무려 800미터나 되는 협곡을 단단히 틀어막아 눈보라가 더 이상 몰아치지 않도록 했다.

하지만 이것도 그리 오래가지는 못할 것이다.

바람이 한 방향으로만 불어오는 것도 아니고, 눈이 한쪽으로만 쌓이면 얼마 지나지 않아 또다시 온실이 붕괴될 것이기 때문이다.

일단 그는 며칠이라도 시간을 벌기 위해 벽을 세우고 협곡에 지붕을 씌우기로 했다.

지붕을 씌우면 눈이 들어 치지 않아서 좋긴 하지만 나무가 자라날 수 있는 가장 중요한 요건인 자외선이 쏟아져 내릴 수 없다.

고비사막의 날씨는 상당히 짓궂지만 그래도 해가 뜨는 날이 그렇지 않은 날보다 훨씬 더 많았다.

다만 눈이 내리는 빈도가 제멋대로라서 감을 잡기 힘들다는 것이 문제였다.

"지붕을 걷어라. 눈을 치우고 채광을 시작한다."

"크룩, 크룩, 예, 마스터."

오크들은 협곡 제1지역에 설치해 두었던 재설용 지붕을 걷어내고 그 옆에 쌓인 눈을 치우기 시작했다.

"크룩, 정렬!"

"크룩, 크룩!"

양쪽으로 100마리씩 갈라진 오크들은 협곡의 두 골짜기에 쌓인 눈을 치우고 있다.

슥삭슥삭.

제설 차량이 들어올 수 없는 지형에 위치한 식목 지역이기 때문에 일일이 수작업으로 눈을 치우고 나머지 눈은 전부 건설 기계가 치워야 한다.

위이이이잉!

포클레인이 눈을 긁어내긴 하지만 워낙 모래가 많고 땅이 딱딱하게 굳어서 제대로 눈이 퍼지지 않는다.

하지만 이러다 또다시 땅이 녹고 골짜기 아래로 흘러 배수로를 망쳐놓으면 식물이 죽어버릴 수도 있었다.

때문에 오크들은 하루가 멀다 하고 눈을 치우느라 바빴다.

눈을 치우는 일이 보통은 아니지만 추위에 강한 오크들이니 체력에 큰 문제가 되지는 않을 터였다.

* * *

나흘 간격으로 눈을 뿌려대던 고비사막에 이 주일간 눈이 내리지 않았다.

덕분에 묘목들은 쑥쑥 자라나 이제는 성인의 허리에 올 정도로 성장했다.

정수는 각 개체의 크기를 재어보고 그 수치를 체크하여 성장치를 평균화시켰다.

"마이너스 2라……. 이대론 일 년이 지나도 작업량을 다 채우지 못하겠군."

그나마 10만 평이나 되는 녹지를 보유하고 있는 제1식목지의 경우엔 아무리 많은 눈보라가 몰아쳐도 큰 지장이 없었다.

하지만 지금 이곳의 경우엔 아름드리나무가 거의 없어서 눈보라가 몰아치면 그 냉기가 협곡 아래로 곧장 몰아쳤다.

때문에 아무리 엔트라고 해도 그 영향력을 제대로 발휘하기가 힘들어지는 것이다.

"힘들군."

가뜩이나 추운 날씨에 눈까지 오니 식물이 자라날 기미가 보이지 않았다.

하지만 여기서 포기할 강수가 아니다.

그는 다시 한 번 비닐하우스와 유리 온실을 점검하고 또다시 물을 주고 나무를 심었다.

안 되면 될 때까지 한다는 것이 그의 신조이다.

뚝딱뚝딱!

40마리의 오크와 함께 작업을 진행하던 강수, 그의 무전기로 크룩 원의 목소리가 들려왔다.

치익!

—크룩, 마스터, 우박 폭풍입니다!

"뭐라?!"

강수가 재빨리 밖으로 나가자, 모래를 머금은 우박이 강풍을 타고 날아오고 있다.

"이런 미친!"

—크룩, 마스터! 어서 피하십시오!

"너희도 어서 피해라!"

아무리 강수가 소환술을 사용한다고는 해도 대자연의 재앙 앞에선 그저 한낱 인간에 불과하다.

그는 하늘을 가득 메우며 날아오는 우박을 피해 강철로 만들어진 숙소를 향해 뛰었다.

"달려!"

"크룩, 크룩!"

하지만 온실에서 나와 숙소까지 달려가는 동안 부상자가 속출했다.

퍽퍽퍽퍽!

"크웨에엑!"

"젠장! 어서 일어나!"

강수는 쓰러진 오크들을 독려하여 숙소에 들어섰지만, 미처 데리고 오지 못한 오크들이 우박에 속수무책으로 두들겨 맞고 있었다.

그는 숙소에 묶어두었던 말복과 아르테미스를 풀어 녀석들을 데려오도록 명령을 내렸다.

"말복아, 달려가 오크들을 데리고 와!"

"크르릉, 커엉!"

말복은 쓰러져 있는 오크들의 옷깃을 잡아끌어 우박을 맞으며 가까스로 두 마리의 오크를 구해냈다.

이번에 그는 아르테미스에게 마력을 주입했다.

우우우우우웅!

ㅡ크아아앙!

"달려가라! 가서 오크들을 구하는 거다!"

—쳇, 더러운 오크들 좀 죽으면 어때서.

"오크 대신 죽고 싶나?"

—쩝, 알겠다.

그녀는 날개를 방패 삼아 쓰러져 있는 오크들을 주섬주섬 꼬리 부근에 매달았다.

—크아앙! 어서 일어나라, 미친한 녀석들아!

"크, 크룩……."

그녀의 활약으로 나머지 여섯 마리의 오크까지 모두 목숨을 건질 수 있었다.

강수는 숙소로 들어온 오크들의 상태를 살펴보았다.

"크흑, 크흑……."

"제기랄!"

요 며칠 눈이 오지 않는다고 했더니 설마하니 우박이 쏟아져 내릴 줄은 꿈에도 몰랐다.

강수는 부상을 입은 오크들에게 엔트의 수액을 먹이고 상처를 회복하도록 했다.

* * *

이대로 계속 우박과 폭풍설에 당하고만 있다간 강수의 사업은 망하고 말 것이다.

이미 선금으로 받은 돈은 비닐하우스와 유리 온실을 만드는 데 전부 다 사용했으니, 만약에 다시 한 번 이 일대가 쑥대밭으로 변해 버린다면 빚을 지게 될 것이다.

강수는 절대로 이 사태를 가만히 두고 보고만 있지는 않았다.

태백에 위치한 작업장.

강수는 랄프와 함께 초대형 분무기를 제작했다.

이 분무기에는 500톤의 물을 저장할 수 있으며, 중국까지 가지고 가서 조립하여 만들 생각이다.

100톤 물탱크는 높이 15미터에 직경이 9미터나 되는데, 겉면의 재질은 철이고 속의 재질은 플라스틱이다.

이것 다섯 개를 붙여서 만들면 총 500톤의 물을 저장할 수 있다.

랄프는 다섯 개의 물탱크를 용접으로 이어 붙인 후 각 물탱크를 호수로 연결하여 물이 왕래할 수 있도록 했다.

그리고 물통 끝에 분사기를 촘촘하게 박아서 120통의 물이 골고루 분사될 수 있게 했다.

이렇게 하면 아르테미스가 본체로 현신해 날아다니면서 물을 하늘에 뿌릴 수 있을 것이다.

강수는 분사기에 달린 전동 버튼을 눌러보았다.

위이잉, 틱틱틱틱!

마치 비를 내리듯 사방을 가득 채운 물줄기를 바라보며 랄프가 강수에게 물었다.

"하늘에서 일부러 비를 내리게 만들다니 그게 가능한 일일까?"

"물론이지. 실제로 유럽의 몇몇 국가는 비행기로 물을 살포해서 인공적으로 비를 내리도록 만들고 있어. 이것이 바로 지구온난화를 막을 수 있는 유일한 핫키라고 말하기도 하지."

"흐음, 그렇다면 다행이지만."

중국의 구름은 동북쪽으로 흐르기 때문에 고비사막의 서쪽과 남쪽에 있는 물을 죄다 쏟아버리면 강수가 서 있는 곳에는 눈이 내리지 않을 것이다.

한마디로 강수는 고비사막의 북부지역에 인공적인 가뭄현상을 재현해 내려는 생각이다.

이론적으로는 말이 되는 소리이지만 과연 그것이 생각처럼 될지는 의문이다.

이제 이곳에 아르테미스의 몸을 밀착시킬 수 있는 고정 장치만 완성하면 끝이다.

초대형 분무기를 중국 고비사막으로 가지고 온 강수는 본체로 현신한 아르테미스의 등판에 고정 장치를 장착시켰다.

끼릭, 끼릭!

미스릴 합금으로 만든 고정 장치는 아무리 거센 바람이 불어도 끄떡없을 것이다.

드래곤인 그녀는 성층권까지 올라가도 별 탈이 없을 테니 아르테미스 역시 걱정할 필요가 없었다.

다만 그녀는 잔뜩 일그러진 얼굴로 강수를 바라보고 있었다.

—…이젠 하다 하다 별짓을 다 하는군.

"싫으면 뒈지시든가."

—젠장. 깡패 무리들 쇠나 도륙했다고 하더니 진짜 깡패는 여기 있었군.

"그래서, 불만이냐?"

—…….

생사가 달린 그녀의 입장에서야 강수의 말을 거역할 수 없을 터였다.

이윽고 강수는 모든 준비를 마치고 그녀의 머리에 초대형 무전기를 장착시켰다.

"후후, 잘 들리나?"

그녀의 몸 절반을 감은 안테나가 신호를 감지하여 강수의 목소리가 아르테미스의 귓전을 맴돌았다.

—치익, 잘 들리나?

아르테미스는 아무 말 없이 고개만 끄덕였다.

강수는 그런 그녀에게 분무기의 작동 방법에 대해서 설명했다.

"잘 들어라. 네 무지막지한 손가락에 맞춰서 제작한 버튼이다. 파란색은 살포, 노란색은 일시 정지, 빨간색은 멈춤 버튼이다. 이해하지?"

—내가 오크인가? 그따위 간단한 설비에 대해서 이해하지 못하게.

"좋아, 그렇다면 혼자서 살포하는 것도 불가능하지 않겠군."

—그렇다.

강수는 그녀의 등에 올라타며 말했다.

"제1지역 남쪽으로 간다. 그곳에서 작전을 실행할 것이다."

—알겠다.

아르테미스는 강수를 태우고 고비사막 북남쪽 제1식목지대 외곽으로 향했다.

*　　*　　*

고비사막의 정확한 경계는 정해진 바가 없지만 대략적으로 황폐하거나 사람이 살기 힘든 지역을 사막이라고 지칭한다.

강수가 서 있는 곳은 사막화가 심각한데다 모든 영토가 모래인 곳이다.

아마 이곳에 겨우내 눈이 내린다면 사막화 현상이 조금은 누그러질지도 모른다.

그는 아르테미스의 꼬리에 매달아둔 조립식 건물 부품을 꺼내어 임시 초소를 지었다.

이제 이곳에서 하이오크들이 관측을 하고 구름이 몰려오면 드래곤이 출동하여 물을 뿌려댈 것이다.

초음속 제트기 부럽지 않은 드래곤의 날갯짓이니 폭풍설로 인한 피해를 입기 전에 일을 마무리할 수 있을 터였다.

뚝딱, 뚝딱.

강수는 이곳에 초소를 세우고 구름이 지나가는 방향을 진단할 수 있는 기상용 레이더를 설치했다.

이제는 최첨단 장비들이 즐비하여 잘 사용하지 않지만, 이것은 불과 30년 전만 해도 기상학자들이 태풍을 쫓을 때 사용하던 물건이다.

비록 습도와 강수량을 예측할 수는 없지만 구름이 이동하는 경로에 대해선 충분히 파악이 가능했다.

강수는 기상용 레이더의 전원을 켜고 지금 구름이 어디까지 왔는지 확인해 보았다.

바람은 동북쪽으로 흐르고 있으며, 구름의 양은 생각보다 꽤 많은 것 같았다.

"좋아, 실험을 한번 해보도록 하자."

그는 아르테미스에게 지도에 구름이 있는 지역을 표기한 후 망원경으로 관측한 포인트를 가리켰다.

"저기다. 저쪽에 있는 구름 무리에 물을 뿌려주면 된다. 단, 물을 구름의 끝과 끝을 오가면서 골고루 뿌려야 한다. 잊지 마라."

—알겠다. 물만 뿌리면 되는 것이지?

"그래, 물만 뿌리고 와라."

아르테미스는 강수가 시킨 대로 하늘을 높이 날아 성층권까지 올라갔다.

꽤에에에에엥!

전력으로 날아오른 아르테미스는 구름이 운집해 있는 대기권 끄트머리에 도달했다.

구름 속을 날아다니는 것은 이번이 처음은 아니지만 생전 처음으로 구름에 물을 뿌려보는 아르테미스다.

—이 말도 안 되는 짓거리가 통할까 의문이군.

그녀는 지성으로 똘똘 뭉친 드래곤이지만 과학에 대한 힘은 괄시하고 있었다.

비행기가 하늘을 떠다니는 것은 그저 동력 장치에 마법을 부여하여 만들었다고 믿었다.

그나마 강수가 그녀의 무지함을 꾸짖었기 때문에 그 모든 것이 마법과는 거리가 멀다고 깨닫게 되었다.

이번에도 그녀는 마법을 부리지 않는 이상 이 땅에 인위적으로 비를 내린다는 것은 말도 안 된다고 생각했다.

이제는 자신의 주인이 되어버린 강수가 멍청해서 견디기 힘들 정도로 괴로운 아르테미스다.

—쳇, 하필이면 저런 멍청이가 위대한 자의 심상을 가졌나니 미쳐 버릴 노릇이군.

에이션즈 골드 드래곤 네르가시아는 드래곤들의 수장인 로드로 집권하면서 아주 슬기롭고 지혜롭게 집단을 이끌어왔다.

인간들이 다른 종족들과 어울려 살 수 있도록 적절히 조율했으며, 몬스터들이 자신들의 영역을 지킬 수 있도록 배려했다.

엄연히 황제라는 칭호를 사용하는 인간들의 왕 또한 네르가시아에겐 머리를 조아리고 경외를 표함에 머뭇거림이 없었다.

그런 네르가시아도 아힌리히트에겐 위대한 자라는 칭호를 부여할 정도로 그를 존경했다.

—비참하군. 세상 어떤 생물도 세상을 등지면 유명무실해지는 법인가?

이름은 역사에 길이 남는다는 생각으로 이 세상의 모든 실험을 단행하던 그는 위대한 업적을 남겨왔다.

하지만 이젠 저 어리석은 인간에게 그 명성이 깨어지게 생겼으니 아르테미스는 그저 답답할 뿐이다.

또한 이제는 그 멍청한 자의 권속이 되었으니 시키는 대로 해야 한다.

그녀는 구름 위로 올라가 초대형 분사기의 전원을 켰다.

딸깍, 부르르르르르릉!

그러자 엄청난 압력이 그녀의 몸으로 전해져 왔다.

좌라라라라라라락!

—크윽, 무식하게 많은 물이군!

500톤의 물이 만들어내는 수압은 비행기론 감당하기도 힘들 정도일 것이다.

하지만 드래곤인 그녀의 덩치라면 어렵사리 이 압력을 견딜 수 있었다.

좌르르르르르륵!

그녀는 물을 뿌리며 구름 위를 오갔는데, 약 네 시간이 지나서야 그 물을 모두 소비할 수 있었다.

똑똑.

물탱크에 남은 물이 방울방울 떨어지는 소리가 나고서야 그녀는 땅 아래로 내려갔다.

바로 그때였다.

휘이이이이이잉!

—으음?

그녀가 지상으로 내려가는 순간, 잔뜩 물을 머금고 있던 구름이 물을 떨어뜨렸다.

그리고 그것은 대기권 아래로 떨어지면서 차가운 기류를 만나 거센 폭풍설로 바뀌어 내렸다.

쏴아아아아아!

—오, 오오! 정말 눈이 내린다!

그녀는 지금까지 하늘에서 비가 내리는 것은 하늘의 뜻이요, 자신은 도저히 비를 내릴 수 없다고 생각했다.

하지만 강수는 이 마른하늘에 비를 내리게 만들었다.

—아주 바보는 아닌 모양이군.

그제야 그녀는 강수가 말한 과학의 힘이 얼마나 대단한 것인지 깨닫게 되었다.

*　　*　　*

강수의 예상대로 고비사막 남부에 대량의 눈이 내렸다.

만약 이대로 계속해서 눈이 내린다면 북부는 극심한 가뭄에 시달리게 될 것이다.

그렇게 되면 당분간 폭풍설 따윈 전혀 걱정할 필요가 없다.

다만 이곳에 초대형 수조를 설치하고 생성된 물을 일부 북부로 흘려보내 지하수를 충당시켜야 식목하는 데 필요한 물을 얻을 수 있을 터이다.

"그래, 내 생각이 맞았어. 후후, 저 녹색 도마뱀이 나에게 도움을 다 주는군."

아르테미스가 없었다면 대기권 끄트머리까지 비행기를 띄워야 했을 텐데, 그것은 생각보다 돈이 아주 많이 드는 일이다.

그녀가 대신 그 일을 해주었으니 한시름 덜게 되었다.

강수는 개줄에 목이 묶인 아르테미스에게 상을 내릴 생각이다.

"잘했다. 원하는 것이 있다면 한 가지 들어주겠다."

"그럼……."

"단, 심장을 돌려달라느니 뭐 이딴 개소리는 통하지 않는다."

"…나도 안다."

그녀는 강수가 가지고 다니는 태블릿PC를 가리켰다.

"나도 그것이 갖고 싶다."

"뭐? 뭐가 갖고 싶다고?"

"그 인터넷인지 뭔지가 되는 물건을 갖고 싶다. 내 소원은 그것이다."

요즘은 세 살배기 아이도 스마트폰이나 태블릿PC를 가지고 노는 세상이다.

하지만 드래곤이 인터넷이라니 강수는 황당하면서도 신선한 충격을 받았다.

"도마뱀 녀석, 무슨 꿍꿍이로 인터넷을 사용하고 싶다는 거냐?"

"…멍청이 취급받는 것이 싫다. 나는 인간이 비를 내릴 수 있다는 것에 적지 않은 충격을 받았다. 그리고 그것을 부정한 내가 정말 창피하다."

자존심이 센 드래곤으로선 자신의 지식이 미치지 못하는 곳이 더 많은 이 세상을 인정할 수 없을 것이다.

게다가 그 모든 것을 무식하게 무작정 거부했으니 그녀가 느낄 자괴감은 이루 말할 수 없을 터였다.

"좋다. 네게 조만간 태블릿PC를 선물해 주지."

"저, 정말인가?!"

"단, 조건이 하나 있다."

"조건?"

"어차피 이것도 광대역 통신망을 사용하면 돈을 내야 하는 물건이다. 무선 인터넷을 사용하는 휴대용 기기를 사용한다고 해도 그에 대한 요금을 내야 하고."

"무슨 말인지 모르겠다. 무선 인터넷이라니……."

"한마디로 이 기계를 사용하려면 돈을 내야 한다는 소리지."

"흠……."

"내가 내거는 조건은 이렇다."

강수는 주머니에서 연습장을 하나 꺼냈다.

그리곤 그곳에 선을 긋고 칸을 만들어 날짜와 시간, 그리고 서명란을 만들었다.

"이것은 상점과 벌점을 체크할 수 있는 수첩이다. 네가 몹쓸 짓을 하면 벌점을, 기특한 짓을 하면 상점을 부과할 것이다. 여기서 일정 수준에 도달하면 무선 인터넷을 사용할 수 있는 시간을 부여하겠다. 어떤가?"

"으음, 그러니까 네가 시키는 일을 잘 처리하면 인터넷을 사용할 수 있다는 소리군."

"뭐, 그런 셈이지."

"그 기준은?"

"내가 정한다. 상점 10점 이상이 되면 인터넷 한 시간 이용권을, 벌점 10점이 되면 반대로 체벌이나 무상 노동 한 시간을 부과하게 된다."

그녀에게 있어선 조금 불리할 수도 있지만 강수로선 그녀에게 인터넷이라는 넓은 바다를 그냥 내어줄 수는 없었다.

이 세상 무엇이든 대가가 따른다는 것을 일깨워 줘야 하기 때문이다.

"좋다, 네가 시키는 대로 하겠다."

"후후, 그래, 알겠다. 그럼 한국으로 갔다가 돌아오는 길에 사오도록 하지."

"좋았어. 인터넷이라……."

그녀는 이미 자신만의 세계에 빠져든 모양이다.

어쩌면 세계 최초로 인터넷 중독에 빠진 드래곤을 볼 수도 있을 것 같다.

* * *

고비사막 북부 제2식목지를 중심으로 총 열 개의 관측소를 설치한 강수는 아르테미스에게 직접 레이더와 망원경을 맡겼다.

그녀가 일하는 시간은 하루에 열 시간. 강수는 이 근무 시간을 모두 충족시키면 스티커 한 장을 지급했다.

스티커는 강수가 만들어준 상, 벌점 노트에 붙이는 것인데, 그녀가 잘하면 하나를 더해주고 그렇지 않으면 하나를 제거하는 방식이다.

스티커 하나는 상점 1점, 이것을 열 개 모으면 인터넷 한 시간 쿠폰이 떨어지는 셈이다.

노동의 대가치고는 상당히 짜지만 무보수로 일하는 오크들에 비하면 그나마 나은 편이다.

삐리리릭!

"제1지역은 이상 없고……."

그녀는 열 개의 구역을 날아서 순찰하고 돌아와 한 시간에 한 번씩 강수에게 보고해야 한다.

그 때문에 그녀는 앞발로 볼펜을 잡고 노트에 기록했다.

드래곤의 앞발은 사람의 것과 비슷하게 생겼지만 손톱이 두꺼워서 볼펜을 잡는 것이 조금 불편했다.

하지만 자신만 알아보면 그만이니 적는 데 큰 문제는 없었다.

한 시간 만에 열 개의 지역을 돌아본 그녀는 무전기로 강수에게 현재 상황에 대해 보고했다.

"평균적으로 풍력 계급 5에 해당하는 흔들바람이 불고 있으며, 습도는 15%다. 눈이 내릴 조짐이 보이는 지역은 아직까지 없다."

—좋다. 계속해서 근무하도록.

"알겠다."

1미터의 작은 몸이긴 하지만 그녀는 역시 드래곤이다.

한 번 들은 것은 절대로 잊어버리는 법이 없는, 망각에서 자유로운 절대적 두뇌를 가지고 있다.

몸이 줄어들어도 지식을 저장하는 두뇌는 그 기능을 그대로 유지하고 있기 때문이다.

엄청난 용량의 뇌를 가진 드래곤은 사람에 비해 그 생각의 폭이 크고 매년 성장하도록 되어 있다.

아마 인터넷에서 지식을 얻으면 그녀가 각 분야의 전문가가 되는 것은 시간문제일 것이다.

"두고 보자. 반드시 너를 뛰어넘는 날이 올 것이다."

심장을 빼앗겨 평생 정수를 이길 수는 없지만 지식으로 그를 누를 수는 있다.

그녀는 최소한 자신이 그보다 뛰어난 존재라는 사실을 상기시켜 주고 싶었다.

아르테미스는 다시 제1지역부터 순찰을 시작했다.

"움직여야 해."

일을 하지 않으면 벌점을 받을 것이고, 그렇게 되면 그를 이길 수 없다.

그녀는 부지런히 움직여 순찰 지역으로 향했다.

*　　*　　*

이 주일 후, 끝도 없이 말썽을 부리던 폭풍설이 잦아들고 건조한 바람이 불어왔다.

휘이이이잉!

강수는 부서진 파풍망을 손보고 엉망이 된 배수 시설을 수리했다. 그리고 그 위에 다시 유리 온실과 비닐하우스를 세워 나무들이 무난하게 자라도록 했다.

그러자 원래의 성장 속도로 빠르게 나무들이 자리를 잡아가기 시작했다.

아마 이 정도 속도라면 이른 봄쯤엔 협곡에 잔잔하게 물이 흐르는 풍경을 볼 수도 있을 것이다.

사막에 오아시스가 있다는 것은 그 일대가 녹음으로 우거져 평생 유지될 수 있다는 뜻이기도 하다.

강수는 이곳에 인공 오아시스를 만들어 평생 동안 유지할 수 있도록 할 계획이다.

중금속이나 기타 유해 물질의 매장량이 극도로 적은 제2식목 지역이기 때문에 염도만 낮춰주면 물을 음용할 수 있을 것이다.

그는 골렘으로 땅을 파게 하고 그 중간에 다공성 물질을 끼워 넣어 지하수가 마르지 않는 한 계속해서 물이 흘러나오도록 할 생각이다.

사그락사그락.

약 열두 시간가량 작업을 하고 나니 드디어 물에 젖은 골렘의 모습이 보인다.

"수고했다."

강수는 녀석을 온실에 집어넣고 터져 버린 수맥에 다공성 물질을 설치했다.

그리고 그 위에 석재로 된 파이프라인을 구축하고 사람이 손쉽게 꺼내어 교체할 수 있는 부분부터는 일반 배수관을 설치했다.

이 정도 설비라면 굳이 전문가가 나서지 않아도 민간인이 이곳의 물을 충분히 사용할 수 있을 것이다.

또한 이곳 주변에 있는 나무는 모두 침엽수이기 때문에 겨울이 꽤 오래 지속된다고 해도 나무가 자생할 수 있는 여건이 갖추어질 터였다.

그 밖에도 여러 가지 식물을 심어놓았기 때문에 잘하면 신선한 공기가 맴도는 숲이 만들어질 수도 있을 것 같았다.

이곳은 다른 지역과는 다르게도 양쪽 협곡을 따라 지형이 형성되어 있기 때문에 충분히 단독적인 생태림 조성이 가능했다.

이제 강수는 이곳의 중간중간에 파풍망을 설치하여 더 이상 모래가 축적되거나 건조현상이 일어나지 않도록 조치할 것이다.

"크룩 원, 오크들을 이끌고 파풍망을 설치한다."

"크룩, 알겠습니다. 일주일 안에 끝내겠습니다."

"좋아, 그 정도면 충분하겠어."

그는 크룩 원에게 이곳의 작업을 맡겨놓고 제2식목지 2구역으로 향했다.

*　*　*

제2식목 지역은 총 네 구역으로 나누어져 있는데, 지금까지 눈보라가 몰아치는 바람에 1구역에 머물고 있었다.

이제 본격적으로 공사를 진행시켜 제2구역부터 4구역까지 그 영역을 넓혀갈 계획이다.

강수는 유리 온실을 앞으로 옮기고 그 안에 엔트의 묘목부터 심어나갔다.

퍽퍽퍽!

엔트를 심는 일은 모두 수작업으로 진행된다.

오크들은 각자 맡은 구역에 엔트의 묘목을 옮겨 심고 강수가 적어준 푯말을 가지에 걸었다.

[2013년 12월 7일]

이렇게 푯말을 걸어주면 심어놓은 날짜를 정확하게 알 수 있기 때문에 펑거스 포자즙을 놓는 데 용이할 것이다.

강수는 크룩 투와 함께 한창 작업 중인 오크들 위로 자외선 전조등이 달린 철제 구조물을 설치했다.

지금 이곳엔 구름이 잘 끼지 않지만 아직도 모래바람이 불거나 밤이 길어져 해가 별로 뜨지 않는 날이 많았다.

그렇기 때문에 인공적으로 햇볕을 쐬어 성장을 촉진시키려는 것이다.

1구역에서 이 햇볕 때문에 죽어나간 묘목의 숫자만 해도 이미 한 트럭은 족히 될 것이다.

하지만 그는 여기서 얻은 실패 데이터를 토대로 해법을 찾아냈다.

제2식목 지역 2구역은 이처럼 강수가 타산지석으로 얻은 노하우 때문에 훨씬 더 높은 생착률을 기대할 수 있을 것으로 보였다.

제2구역에 식목 활동을 하고 나면 이제 가장 큰 문제인 3, 4구역 개간이 남았다.

3, 4구역에는 지금까지 눈이 내리면서 얼음과 모래더미가

산처럼 쌓여 있었다.

이것을 치우는 데 한참이 걸릴 테니 그것이 참으로 큰 걱정이었다.

제6장 식목의 신

그린드래곤의 브레스는 강력한 독성을 자랑하지만 불로 그것을 모두 말끔하게 없앨 수 있었다.

아르테미스는 본체로 현신하여 강수의 앞에 쌓여 있는 거대한 모래더미에 브레스를 발사했다.

"우욱, 우욱!"

힘겹게 드래곤 하트에서 용언을 끌어 올린 아르테미스는 이내 식도를 통해 브레스를 힘껏 뿜어낸다.

—크아아아아앙!

강수를 비롯한 오크들은 미리 준비해 둔 방역복과 방독면을 착용했다.

엔트의 줄기로 만든 방역복과 방독면은 공기를 타고 흩어질 수도 있는 그린드래곤의 독가스에서 안전할 수 있었다.

또한 그린드래곤의 포이즌브레스가 남긴 유독성 물질의 잔재를 밟아도 중독 증상이 일어나지 않기 때문에 이곳을 중화시키는 작업을 해도 무방했다.

벌써 네 차례의 브레스를 발사한 아르테미스는 그 자리에 축 늘어져 버렸다.

"헥헥, 더 이상은 안 된다."

"수고했다."

다시 작은 용으로 돌아온 아르테미스는 마나 온천수를 마시며 휴식을 취했고, 오크들과 강수는 그 자리에 토치를 발사했다.

말복의 유황불을 이용한 산소가스 토치는 포이즌브레스의 잔재가 남아 있는 지역을 말끔하게 태워 버렸다.

슈가가가가각, 화르르르륵!

마치 화전민이 땅을 일구듯 이곳저곳에 유황불이 일어나고 나면 땅은 극도로 건조해진다.

아직까지 제대로 경작이 이뤄지지 않았기 때문에 영양분이 별로 존재하지 않았다.

강수는 이곳에 분무기로 마나 온천수와 엔트의 수액을 섞은 영양제를 골고루 도포했다.

칙칙칙칙!

엔트 수액 영양제는 땅에 닿자마자 그 토양을 양질의 성질로 바꾸어준다.

그런 후엔 트랙터와 포클레인을 이용하여 땅을 일구고 그 위에 다시 물을 뿌려 수분을 공급해 준다.

강수는 트랙터로 땅을 갈아엎고 그 뒤를 따라 오크들이 김을 매도록 지시했다.

"자잘한 돌멩이와 바위 같은 것들을 모두 밖으로 빼낸다."

"크룩, 예, 마스터."

크룩 삼은 강수를 따라 쟁기를 들고 자잘한 돌멩이를 고르고 호미로 자갈을 골라냈다.

이렇게 땅을 고르고 나면 조만간 땅에 나무를 심을 수 있을 터였다.

제3지역에 있던 모래산을 없앤 강수는 그 위에 비닐하우스를 세우고 그 옆을 지나는 협곡에 구멍을 뚫었다.

사그락사그락.

샌드골렘이 지하 천연 암반에서부터 구멍을 뚫은 곳으로 이제 물줄기가 뿜어져 나올 것이다.

이렇게 옆으로 물이 뿜어져 나오면 나무에 물을 주기도 편하지만 땅을 비옥하게 만들기도 한다.

강수는 이곳에 스프링클러를 연결하고 그 아래로 도랑을 팠다.

퍽퍽퍽!

깊이 50㎝의 도랑에 시멘트를 발라서 콘크리트를 양생시킨 강수는 그 위에 평평한 반석을 올려놓았다.

이 반석에는 성인 남성의 손가락이 들어갈 정도의 홈이 길이 10㎝로 뚫려 있었는데, 이 구멍의 개수는 1미터 판 한 개당 20개다.

이 구멍으로 물이 빠져나가게끔 되어 있어 혹시라도 지하수가 너무 많이 용천되거나 비가 많이 오면 배수로를 타고 물이 빠져나갈 것이다.

그 물은 다시 지하로 흘러들거나 나무에 흡수되어 땅을 살찌우게 된다.

이렇게 배수 시설까지 갖추었으니 3구역은 이제 거의 다 완성했다고 볼 수 있었다.

강수는 고지로 올라가 협곡 아래의 풍경을 감상해 보았다.

휘이이이잉!

나무가 뿜어내는 산소가 만들어낸 아련한 숲의 향기가 강수의 코끝을 스친다.

"흠, 좋군. 이 정도면 되겠어."

이제 그는 4구역으로 향했다.

* * *

4구역은 문제가 가장 심각한 지역인데, 옛날에 물이 흐른 흔적도 보였다.

물이 흘렀다는 것은 이곳이 원래는 강가였다는 소리이고 그 아래엔 아주 고운 흙이 있다는 뜻이다.

고운 흙이 많다는 것은 충분히 녹음을 만들 수 있다는 것이지만 그만큼 엄청난 양의 먼지를 일으킨다는 뜻이기도 하다.

제2식목지에 먼지바람을 일으키는 주요 구역이기도 한 이곳은 협곡이 S자 형태로 휘어 있다.

또한 협곡에서 절벽 아래로 내려오는 길이 상당히 가파른 언덕 형태로 되어 있어서 산사태나 눈사태에 취약했다.

매년 마른바람과 함께 눈보라가 몰아쳐 이곳은 점점 협곡의 형태를 벗어나고 있었다.

그러면서 생겨난 먼지가 북동쪽으로 몰려가니 사막화가 더 심해질 수밖에 없었다.

강수는 가장 먼저 이 주변에 파풍망을 치고 그 뒤로 다공성 물질로 만든 장벽을 세웠다.

다공성 물질은 먼지를 걸러주고 작은 수분 입자만 수용하여 혹시나 파풍망이 놓치는 입자를 잡아줄 것이다.

강수는 트랙터로 땅을 갈아엎고 오크들로 하여금 김을 매도록 했다.

드르르르르르르륵! 까앙!

하지만 작업을 시작한 지 채 한 시간이 되지 않아 그는 이내 작업 불능 보고를 받았다.

"크룩, 마스터, 이 아래에 단단한 지반이 자리 잡고 있는 것 같습니다."

"지반?"

"크룩, 울퉁불퉁한 바위은 모두 거대한 지반의 작은 돌기입니다."

"지반이라……."

강수는 포클레인으로 땅을 약 1미터가량 파 보았다.

위이이잉, 끼기기기기긱!

날카로운 마찰음에 이내 오크들과 강수는 귀를 막고 말았다.

"으윽!"

"크룩, 크룩! 너무나 단단한 것 같습니다."

"제기랄, 이런 지반이 도대체 얼마나 있다는 거야?"

아마도 이 강바닥의 대부분은 단단한 암석으로 되어 있는 것 같았다.

이곳을 경작하고 다시 초목지대를 형성하자면 생각보다 엄청난 시간이 들어간다는 소리다.

"흐음, 큰일이군."

"크룩, 어떻게 할까요?"

가만히 강바닥을 바라보던 강수, 그는 이내 결단을 내렸다.

"이곳의 주변으로 키가 작고 가시로 된 덤불 종류만 심고 강바닥에는 자갈을 깐다."

"크룩, 자갈이라면 아주 작은 돌멩이를 말씀하시는 겁니까?"

"그래, 그 자갈이다. 저 위에서 수많은 자갈이 나왔으니 아마도 이곳에 깔기엔 충분하겠지."

"크룩, 예, 알겠습니다."

강수는 이곳에 없어진 강을 다시 재현할 생각이다.

* * *

제2식목 지역은 원래 작은 강이 흐르던 지역으로, 협곡을 따라서 그 물줄기가 형성되어 있었다.

하지만 심각한 사막화로 인하여 그 줄기가 사라져 이제는 매년 엄청난 양의 흙먼지만 뿜어내는 골칫거리로 전락하고 말았다.

그렇다는 소리는 이곳에 나무를 심는 것보다는 물줄기를 다시 재현하는 편이 나을 수도 있다는 소리다.

강수는 1구역에서부터 끌어온 물을 지하 4미터 깊이의 배수관을 통해 4구역까지 옮기기로 했다.

또한 협곡의 아래에 설치된 작은 배수관 옆에 1미터 깊이의 도랑을 파내어 시냇물을 만들었다.

이렇게 되면 지하수와 지상의 물줄기가 만나서 4구역에 다시 물줄기를 채워 나갈 것이다.

오크들이 좁은 강변에 수풀을 조성하는 동안 강수는 포클레인으로 강변이 들어설 자리를 다져 나갔다.

위이이잉, 쿠웅!

포클레인으로 자갈을 깐 후 1구역에서 가지고 온 바위와 커다란 돌멩이를 골고루 뿌려 강바닥을 만들었다.

그리고 그 중간에는 수초가 자랄 수 있는 양식 판을 설치하여 인공적인 수초지대를 양성할 계획이다.

강바닥을 모두 다진 강수는 그 옆을 지나는 가파른 언덕에 가시덤불과 자갈지대를 조성해 더 이상 흙이 흘러내리지 않도록 했다.

뚝딱, 뚝딱!

오크들과 함께 망치로 자갈을 심은 강수는 중간중간에 철쭉을 비롯한 조경수를 심었다.

"떼(잔디)와 조경수 사이를 너무 벌리지 마라. 잘못하면 산사태가 일어난다."

"크룩, 예, 마스터."

조경수와 잔디를 심고 난 후엔 그 위로 검은색 비닐을 깔아 온도와 습도를 유지할 수 있도록 했다.

겨우내 온도와 습도를 유지하게 되면 잔디의 착생은 아주 원활하게 이뤄질 것이다.

강가와 강바닥을 모두 다져놓은 강수는 그 위로 총 50개의 물줄기가 흐르도록 했다.

쏴아아아아아!

지하에 잠들어 있는 암반을 터뜨려 물줄기를 만들고 상류에서 끌어온 지하수가 합쳐져 강줄기를 만들어냈다.

이 물줄기는 강수가 강변 끄트머리에 만들어놓은 작은 댐에 가로막혀 정체될 것이다.

그러면 다시 이 물을 지하로 끌어들인 다음 상류로 올려 보내 영양분과 산소를 공급해서 내려 보내게 된다.

이런 순환 시스템을 계속 유지하다가 제3식목지를 지정받게 되면 점차적으로 강변을 늘려갈 계획이다.

강수와 오크들은 협곡을 따라 거대한 비닐하우스를 쳐서 겨우내 강물이 안정적으로 생착하도록 했다.

이제 이곳은 겨울 동안 얼어 있다가 다시 날씨가 풀리면 활기를 되찾게 될 것이다.

그리고 난 후 강수는 강변에 조성된 수풀 밖으로 방죽을 쌓기 시작했다.

쿵쿵쿵!

거대한 돌덩이를 엎어놓고 그 위로 단단히 망치질을 해서 땅에 잘 틀어박히도록 했다.

그 이후엔 오크들이 막대기와 삽을 들고 다니면서 방죽 사이의 벌어진 틈을 흙으로 메웠다.

이렇게 방죽용 돌을 쌓아두고 그 안을 흙으로 채우면 아무리 비가 많이 와도 흔들리게 않게 된다.

만약 강수가 극심한 가뭄으로 인해 댐을 한꺼번에 개방한다고 해도 이 돌들이 기반을 잡고 있기 때문에 댐이 무너져 내리지 않을 것이다.

강을 대략적으로 완성한 강수는 이 풍경을 감상해 보았다.

쏴아아아아아!

"이제 좀 뭐가 되는군."

강수는 이제 이곳에 아주 이색적인 경험을 할 수 있는 것들을 풀어놓을 생각이다.

* * *

12월의 넷째 주, 사람들은 저마다 한 손에 선물을 사 들고 거리를 돌아다니고 있다.

딸랑딸랑!

"사랑과 은총을 온 누리에 전하세요!"

딱딱딱!

"나무아미타불, 관세음보살……."

거리에는 구세군의 빨간색 자선냄비도 보이고 더러는 목탁을 두드리는 스님들도 보인다.

강수는 청주에서부터 화물차를 끌고 와 춘천 시가지에 도착했다.

그는 이곳에서 화천과 동해 일대에서 공수한 산천어를 비롯한 각종 물고기의 치어를 인수받을 예정이다.

부아아아앙!

저 멀리 수족관을 실은 정상만 소장이 모습을 드러냈다.

"어이, 강수!"

1톤 트럭 가득 치어를 실은 그는 이 엄청난 물량을 무려 절반 값에 넘길 예정이다.

이것은 강수에게 돈을 받기 위해 치어를 모았다기보다는 그와의 의리를 지키기 위함이었다.

강수는 당장 차에서 내려 그의 화물차로 달려갔다.

"오셨습니까?"

"오래 기다렸지?"

"아닙니다. 저도 금방 왔습니다."

"그럼 다행이고."

두 사람은 적당한 수온으로 맞춰 있는 수족관을 강수의 차로 옮겼다.

잘못해서 너무 큰 충격을 받으면 큰일이기 때문에 어항 아래에 에어 볼을 잔뜩 깔았다.

강수는 차에 옮겨 실은 치어들의 상태를 확인했다.

"그놈들, 잘 움직이는군요."

"물론이지. 양식장에서 얼마간 키우다 데리고 온 놈들이니까. 아마 먹이만 잘 주고 제때 물에 옮겨 놓기만 하면 양식하는 데 큰 어려움은 없을 거야."

"감사합니다. 이 많은 물량을 직접 구해주시다니요."

그는 손을 내저었다.

"에이, 아닐세. 우리 사이에 그런 인사치레는 그만두자고. 괜히 거리감 느껴진다네."

"예, 소장님. 아무튼 다시 한 번 감사드립니다."

"후후, 별말씀을."

강수는 중국 고비사막의 인공 강에 치어를 풀어놓고 주기적으로 먹이를 공급하여 생태계를 조성할 생각이다.

물고기들이 산란을 하고 왕성하게 번식 활동을 한다면 수초들이 자리 잡는 데 큰 도움이 될 것이다.

또한 생태계가 건강해지면 각종 동물을 풀어놓아도 완벽하게 자생할 수 있기 때문에 수목지를 가꾸는 데도 도움이 된다.

정상만은 자신의 처남과 남동생이 운영하는 물고기 부화장에서 각각 치어를 공급받아 강수에게 전달하기로 했다.

그는 최대한 많은 물량을 약속했고, 결국엔 그 약속을 지켰다.

"아무튼 부디 성공을 거두기를 바라네. 고향 사람들이 다 기대하고 있어."

"예, 알겠습니다. 최선을 다하겠습니다."

하도 중국에서 큰일을 벌인다는 소문이 돌고 돌아서 이제는 최선을 다하기 싫어도 다 해야 할 판이다.

강수는 다시 한 번 그에게 고개를 숙인 후에 곧바로 중국으로 향했다.

*　*　*

다시 고비사막으로 돌아온 강수는 온실에 마련되어 있는 강줄기에 산천어를 풀어놓았다.

어차피 바람이 불어 온도가 내려가지 않을 테니 내년 봄까진 안정적으로 살아남을 수 있을 터였다.

파닥, 파닥!

"으음, 좋아. 이대로라면 조금만 더 기다리면 될 것 같군."

2월만 되어도 슬슬 사막 특유의 기후가 시작되기 때문에 잘 만하면 1월에도 해를 기대할 수 있다.

이제부터 먹이를 잘 주고 물갈이만 해주면 녀석들을 호수로 보낼 수도 있을 듯하다.

치어를 풀어놓고 이제 슬슬 휴식을 취하려던 강수에게 아르테미스가 다가온다.

"약속은?"

"성질도 급하지."

강수는 자신의 차에 보관하고 있던 태블릿PC를 그녀에게 건넸다.

"이건 정전기로 작동된다. 지문 인식은 네 발가락 비늘 때문에 안 될 것 같아서 안 샀다."

"고맙군."

"작동법은 이 안에 들어 있는 설명서를 참조하도록."

"알겠다."

이곳은 초대형 발전기가 무려 넉 대나 돌아가고 있기 때문에 전기는 절대 모자라지 않는다.

그렇기 때문에 그녀가 태블릿PC의 사용법을 익히고 이것을 사용하는 데는 문제가 없을 것이다.

하지만 정작 문제는 강수가 인터넷 사용에 제한을 걸어두었다는 점이다.

"네가 축적해 둔 사용 시간이 지나면 태블릿PC는 자동적으로 종료된다."

그는 자신의 핸드폰에 설치된 어플리케이션을 보여주었다.

이 어플리케이션은 흔히 PC방에서 사용되는 관리 프로그램으로, 지정한 시간을 초과하면 자동적으로 로그인 화면으로 전환된다.

그러다 강수가 다시 사용 시간을 충전해 주면 자동적으로 다시 사용할 수 있게 된다.

"로그인 아이디를 발급하겠다. 로그인할 때 이 아이디와 비밀번호를 입력해서 들어가면 사용 시간이 나올 것이다. 이 사용 시간을 준수해서 사용하고 만약 사용을 멈추려면 정지를 신청하면 된다. 이해했나?"

"잘은 모르겠지만 이 설명서에 다 들어 있다는 소리군."

"그런 셈이지."

"알겠다."

지성체인 드래곤이 이 간단한 설명조차 알아듣지 못할 리 없었다.

강수는 그녀에게 로그인 아이디가 적힌 카드를 건넸다.

"설명서대로 이 카드를 등록하고 네 비밀번호를 걸어두어라. 그렇게 되면 남이 네 PC를 염탐할 수도 없고 간편하게 로그아웃도 할 수 있다."

"고맙군."

이내 그녀는 태블릿PC가 든 가방을 들고 자신의 보금자리인 오크들의 숙소로 향했다.

*　　*　　*

늦은 밤, 오크들의 숙소에는 불이 다 꺼져 있다.

"드르르렁!"

"쿠우우우울!"

오크들의 코 고는 소리는 그야말로 고막이 찢어질 정도로 거대했다.

벽 하나를 타고 넘어 괴롭히는 것은 기본이요, 잘못하면 하루 종일 잠을 자지 못하는 불상사가 일어나기도 했다.

하지만 아르테미스는 귀마개로 귀를 틀어막고 태블릿PC에 집중했다.

10분 만에 매뉴얼을 통달하고 태블릿PC를 자유자재로 다

룰 수 있게 된 그녀는 강수가 제공해 준 휴대용 Wi—Fi로 인터넷을 사용하고 있었다.

세상의 모든 지식이 들어 있는 인터넷은 그녀에게 아주 방대한 양의 지식을 전수해 주었다.

그 가장 첫 번째는 이 세상의 언어들이 과연 어떤 체계로 되어 있는가 하는 것이었다.

그녀는 강수가 건네준 영어사전으로 무전기와 기상 관측기를 사용해 왔다.

덕분에 영어로 검색을 시작할 수 있었고, 지금은 한글과 불어를 포함해 여덟 개의 언어를 습득했다.

이제 그녀는 지구상에서 사용이 가능한 언어를 정해놓고 그것을 모두 다 섭렵할 생각이다.

그녀가 섭렵할 언어는 인도어를 시작으로 히브리어, 켈트어까지 약 45가지가 된다.

이 정도면 지구상 어디를 가도 아프리카 원주민을 빼면 어지간한 의사소통은 다 될 것이다.

관련 서적을 찾아서 그 구조를 파악하는 것이 힘들어서 그렇지 문헌만 찾아내면 45개의 언어를 익히는 데 45일이면 충분했다.

과연 어떤 단어들이 있는지 한 번은 읽고 써봐야 하기 때문인데, 한 달 보름이면 그녀는 원어민과 비슷한 정도가 될 것이다.

타다다다다닥.

이번에는 살아가는 데 가장 기본적인 학문을 차례대로 섭렵하여 소유하려 한다.

그중에는 수학, 과학, 역사, 세계사 등으로 각각 하루씩 소요하면 적어도 대학원생 수준까진 통달할 수 있을 것이다.

하지만 그렇게 하기엔 시간이 별로 없으니 아주 기본적인 중학생 수준까지만 익히기로 했다.

[남은 시간: 3시간 20분 45초]

그녀는 이제 남은 시간을 쪼개어 공부해야 하는 입장에 놓였다.

"제기랄, 언어를 너무 오래 팠군. 가장 중요한 것은 과학인데."

처음으로 지구의 학문에 매력을 느낀 것은 과학이지만 아주 광범위한 언어의 세계에 빠지니 정신을 차리지 못한 것이다.

더군다나 책으로는 익히기 힘든 것들까지 죄다 나와 있으니 그냥 지나칠 수가 없었다.

그녀는 수학의 가장 기본적인 아라비아 숫자를 익히는 것부터 시작했다.

"1, 2, 3, 4……."

이렇게 형태를 보고 읽는 것만으로도 머리에 저장되는 그녀이다.

아마 30분이면 기본적인 사칙연산은 물론이고 분수까지 외우고 쓸 수 있을 것이다.

* * *

늦은 밤, 강수는 아직도 불이 켜진 오크 숙소를 바라보고 있다.

"꽤나 열심히 하고 있군."

"크룩, 그러게 말입니다."

하이오크 중 강수와 가장 오래도록 일한 크룩은 그녀에 대해 이렇게 설명했다.

"크룩, 집념이 대단합니다. 지식에 대한 열망도 대단하고요."

"흐음, 그렇군."

드래곤이라는 존재는 본디 탐욕스럽고 오만하다고 알려져 있다.

하지만 그것은 드래곤이 이 세상 그 어떤 존재보다 오래 살아왔기 때문이다.

아무리 헤츨링이라지만 아르테미스의 나이는 1,200살이 훌쩍 넘었다.

이 정도 세월이면 벌써 중세를 넘어 고대로 거슬러 올라갈 정도로 깊고 오랜 시간이다.

이토록 오랜 세월을 살아가는 그들이기에 지식으론 그 누구에게도 지지 않았다.

그런 그녀가 이번에는 스스로 과학을 부정하여 바보가 되었으니 저렇게 지식에 매달리는 것도 무리는 아니었다.

"크룩, 만약 지식을 쌓아서 반란을 일으키면 어쩝니까?"

"그럴 일은 없을 것이다. 내가 저 녀석의 심장을 가지고 있으니 말이다."

"크룩, 그렇다면 다행입니다만……."

크룩은 갑수와 함께 지내면서 이미 사람이 익혀야 할 지식은 거의 완벽하게 익힌 상태이다.

그렇기 때문에 두뇌의 발달이 인간보다 오히려 나은 상태이다.

그런 크룩이 보기에 아르테미스는 유용하면서도 위험한 양날의 검이었던 것이다.

"크룩, 크룩. 제가 매일 주시하겠습니다."

"그래, 그렇게 해라. 혹시나 허튼수작을 부린다면 보고하고."

"예, 마스터."

둘은 이내 다시 숙소로 돌아갔다.

* * *

1월 초순, 이제 소한을 지나 겨울이 극에 달해갔다.

강수는 고비사막 식목지에 벌, 나비, 무당벌레 등 생태계를 조성할 수 있는 온갖 곤충을 풀어놓았다.

인공적이긴 하지만 이곳에는 슬슬 녹음이 우거지고 있었다.

겨울을 지나 봄이 오면 본격적으로 싹을 틔우고 사시사철 푸름을 간직하게 될 것이다.

침엽수림은 사시사철 녹색 이파리를 간직할 것이고, 그것은 이 지역에 생명을 불어넣는 원천이 될 것이다.

강수가 생각하기에 이곳의 기후는 상당히 건조하지만 강수량만 제대로 받쳐준다면 시베리아처럼 푸른 녹음을 조성할 수 있을 것 같았다.

지하수를 담수화시켜서 주고 그 물을 다시 환원시켜 강을 유지한다면 1년 내에 50도의 혹한을 견딜 수 있는 툰드라지대가 형성될 수도 있었다.

그렇게 되면 황사를 막아낼 수 있을 뿐만 아니라 사막화를 억제할 수 있는 획기적인 방법을 고안해 내는 것이다.

하지만 가장 큰 문제는 고비사막 자체의 강수량이 생각보다 그리 많지 않다는 것이다.

지금은 이렇게 푸른 녹음을 유지하고 있지만 막상 강수가 이곳을 떠나고 나면 과연 이곳이 제대로 유지될지는 의문이다.

그 언젠가 아르테미스가 말했듯이 날씨는 인간이 어떻게 할 수 있는 것이 아니다.

그것은 신의 영역이며 잘못하면 걷잡을 수 없는 대재앙이 일어날 수도 있었다.

그러나 사막화로 황폐해진 사막을 다시 녹지로 바꾸는 것은 지구의 이상 기후를 바꾸는 데 결정적인 역할을 할 수 있을 터였다.

물을 만들어내는 것은 강수량에 따라 변하지만 방법이 꼭 자연적인 것만 있는 것은 아니다.

강수는 랄프와 아르테미스를 데리고 방법을 강구해 보기로 했다.

"엘프적인 생각으로 접근해 보자고."

"엘프적인 생각?"

엘프적인 생각으로 방법을 제시한 것은 강수가 아니라 랄프였다.

"엔트 중묘목에 레서 엘리멘탈을 기생시키는 것은 어떨까?"

"레서 엘리멘탈이라……."

정령계에는 총 네 단계의 계층이 존재하며 그 계층 사이에도 등급이 있다.

이 네 단계의 최하위 계층이 정령계를 구성하는 가장 기본적인 단위인 레서 엘리멘탈이다.

정령은 각 원소에 담겨 있는 영혼과 같은 존재인데, 이 정령을 구성시키는 것이 정령력이다.

이 정령력이 모이고 모여서 정령계를 구성하며 정령력과 자연 친화력을 가진 정령사에 의해 지상으로 모습을 드러내게 되는 것이다.

이 활동으로 인하여 정령은 정령계로 정령력을 보내어 정령계를 조금 더 살찌우게 된다.

레서 엘리멘탈은 정령 중에서도 인지 능력이나 자아 능력이 없는, 원소의 기본 단위와 같은 것이다.

이것들이 모여 정령을 이루게 되는데, 사람들은 이들을 레서 엘리멘탈, 혹은 준정령이라고 불렀다.

준정령, 즉 레서 엘리멘탈은 정령력의 결정인 정령석을 통해서 만들어낼 수도 있었다.

이런 특성들을 가진 레서 엘리멘탈은 정령력이 고갈되면 그 즉시 생을 마감하게 된다.

만약 레서 엘리멘탈을 지상으로 출현시켜 그 형상을 유지하려는 정령사가 있다면 모를까, 자신이 가진 정령력을 모두 잃으면 흔적도 없이 사라지고 만다.

하지만 이 레서 엘리멘탈들이 가진 또 하나의 특성은 자신보다 상위 개념의 존재에게 기생하면서 정령력을 공급받을 수 있다는 것이다.

이를테면 역삼투압 현상과 같은 원리로, 강력한 정령력을 가진 존재들의 정령력이 레서 엘리멘탈에게로 옮겨가는 현상이다.

그러나 이 정령의 역삼투압 방식이 과연 실제로도 가능할지는 의문이다.

요 며칠 과학에 대해 공부한 아르테미스는 그 방법이 옳지 않다고 생각했다.

“그렇게 기생시켰다간 엔트가 남아나지 않을 거다. 오히려 군정령만 살찌우고 나무는 죽어버리고 말겠지.”

“그것을 어떻게 확신하지?”

“레서 엘레멘탈에겐 가장 중요한 멘탈이라는 것이 없으니까.”

“으음, 그러니까 놈들이 역삼투압을 통제할 수 없어 나무가 말라죽을 것이라는 소리군.”

“그렇다고 볼 수 있지.”

랄프는 고개를 가로저었다.

“아니다. 그렇지 않아. 통제는 우리가 할 수 있다.”

"레서 엘리멘탈을 통제한다?"

"충분히 가능하다. 잘 봐라."

그는 세 사람이 모여 있는 땅바닥에 나뭇가지로 그림을 그렸다.

"우선 정령석을 만들어 레서 엘리멘탈을 재조해 내고 그것을 엔트에게 기생시킨다. 그렇게 되면 놈은 중묘목에 기생하면서 일정량의 정령력을 좀먹을 것이다. 그 이후엔 점점 더 세력을 키워나가겠지. 그렇게 되면……."

"그럼 나무가 말라죽는 것은 시간문제다."

아르테미스의 오버에 랄프가 차근차근 설명을 이어갔다.

"아니, 이게 끝이 아니다. 나무가 말라죽기 전에 지금의 레서 엘리멘탈보다 조금 더 작은 녀석을 가까운 곳에 이어 붙인다. 그렇게 되면 역삼투압 방식에 의해서 다시 정령력이 딸려오겠지."

강수는 단박에 그의 의도를 간파했다.

"그러니까 엔트 중묘목의 정령력을 차례대로 옮겨서 그 농도를 조절한다는 소리군."

"이를테면 그렇다. 만약 이것이 실패한다면 직접 정령력을 좀먹는 놈에게서 물을 채취해 내도 될 것이고."

"놈들을 다시 정령석으로 바꾸면 간단한 일이겠군."

"바로 그렇지."

레서 엘리멘탈을 다시 정령석으로 바꾸는 일은 간단했다. 정령력의 반대 개념인 마나를 주입시키면 녀석은 다시 안정적인 상태의 정령석으로 돌아간다.

어차피 식물이나 마찬가지인 레서 엘리멘탈은 스스로의 정령력을 유지하고 키우는 데 중점을 두고 있기에 돌덩이가 되어버리는 것쯤은 개의치 않는다.

한마디로 레서 엘리멘탈은 스스로 자기 방어 본능을 조금씩 가지고 있다는 소리다.

"시도해 볼 가치는 충분한 이론이군. 사막에서 비를 기다리는 것보다 미련한 일은 없으니 말이야."

상수는 엔트의 수묘목으로 실험을 진행해 보기로 했다.

제7장
마르지 않는 숲

이른 아침, 강원도 태백에 위치한 강수의 작업장에서 엔트 씨앗의 발아 작업이 이어졌다.

발아는 마나를 주입하여 이뤄졌지만, 이제는 아르테미스의 용언으로 아주 손쉽게 발아할 수 있게 되었다.

그녀의 브레스에서 추출한 용언을 엔트의 수액에 불어넣어 그 효과가 배가 될 수 있게 개량한 것이다.

덕분에 이 주일 걸릴 작업이 불과 나흘이면 끝날 수 있을 정도로 간편해졌다.

강수와 랄프는 그녀의 개량된 엔트 수액을 스프링클러에

넣고 광범위하게 살포했다.

칙칙칙칙.

이렇게 나흘 밤낮으로 수액이 섞인 물을 주면 엔트의 씨앗이 발아하여 아주 작은 묘목의 상태로 자라나게 된다.

이것을 중국으로 가지고 가서 심으면 중묘목으로 자라나는 데 채 일주일이 걸리지 않는다.

그곳 역시 중묘목과 준성목 상태의 엔트들이 온 땅에 정령력을 흩뿌려 놓았기 때문이다.

강수와 랄프는 상태가 좋은 묘목만 골라 땅에서 파냈다.

퍽퍽퍽.

"으음, 상태가 좋군. A급이야. 이 정도면 금방 중묘목까지 자라나겠어."

"역시 그린드래곤의 용인이 효과가 좋긴 좋군."

"후후, 괜히 드래곤이겠나?"

두 사람은 총 2만 개의 묘목을 채취하여 컨테이너 박스에 실었다.

다롄 항에서 다시 비행기로 환적하여 식목지까지 묘목을 가지고 온 강수는 오크들과 함께 숲 곳곳에 묘목을 심었다.

"간격을 조금 더 촘촘하게 배열해라. 어차피 역삼투압 방식 때문에 나무가 자라나지 못할 것이다."

랄프의 정령력 역삼투압 방식을 전해 들은 크룩의 기대감이 상당했다.

"크룩, 그럼 이제 이 강을 계속 유지할 수도 있겠군요."

"성공한다면."

"크룩, 신의 영역이라고 생각했건만……."

"사람은 언제나 신의 영역에 도전한다. 인류는 불을 만들고 하늘을 날아다니는 비행기도 만들었는데 물이라고 만들지 못할 이유가 어디 있겠나? 비록 정령력과 마법을 빌리는 일이지만 말이다."

혹자와 사가들은 어쩌면 이 세상을 신이 창조했다고 말하지만, 어차피 이 땅을 영유하는 존재는 인간이다.

이 세상을 더 살기 좋게 개량하는 것은 인간의 몫이며, 창조의 영역에 살짝 발을 들이는 것쯤은 법률 위반이 아니다.

강수는 오크들이 숲 중간중간에 엔트 묘목을 심는 동안 정령석을 제작하기로 했다.

정령석은 정령력과 마력을 100:1로 섞어 만들어내는데, 정령력의 위기의식에 의한 석화를 이용하는 방식이다.

이를테면 물의 정령석을 만들기 위해서는 정령력을 섞은 물에 마력을 아주 조금 떨어뜨려서 석화를 진행시킨다.

그 이후에 그것에 갇혀 있는 정령력을 개방시키면 레서 엘리멘탈이 탄생하게 된다.

강수는 물에 손을 집어넣고 정신력을 집중시켰다.

"후우……."

그러자 그의 몸에서 은은하면서도 향기로운 은색 연기가 피어나기 시작했다.

스스스스스.

강수의 몸에서 피어난 연기가 그가 손을 담근 물에 닿자 물이 같은 색으로 물들었다.

이제 이 은색 물은 정령력을 머금은 정령수로서 그 성질을 부여받은 셈이다.

전생의 레비로스는 엘프로서 아주 뛰어난 자질을 가진 상위 클래스의 정령사 후보였다.

하지만 워낙 거친 삶과 엘프족에 대한 불신으로 인하여 정령력을 사용하지 않고 퇴보시켰다. 그리고 그 공백을 마나로 점점 채워감에 따라 정령력이 거의 소멸되다시피 했다.

그러나 이젠 아힌리히트의 심장을 흡수함으로써 그 정령력이 조금씩 다시 살아나고 있었다.

이제 그는 물에서 손을 뗐고, 물은 마치 수은과 같은 은색 빛을 띠었다.

"됐다."

강수는 그 안에 자신의 손에서 쥐어짜낸 마력의 결정을 아주 조금 떨어뜨렸다.

촤라라라라랑!

그러자 그 은색 빛깔의 물이 딱딱하게 굳어지더니 이내 쪽빛 돌멩이로 변했다.

강수는 그 돌멩이를 꺼내어 안을 들여다보았다.

마치 돌멩이 안에 물이 들어찬 것처럼 돌멩이 속에는 빛의 굴절현상이 일어나고 있었다.

"으음, 질이 아주 좋군."

"크룩, 이게 정령석이라는 물건이군요."

"개인적으로는 아주 싫어하는 물건이지만."

이 정령력 때문에 아힌리히트에게 실험체로 끌려갔던 강수로선 정령석이 그다지 반가운 물건은 아니었다.

하지만 지금은 그런 좋지 않은 기억마저도 추억이 될 정도로 오랜 시간이 지났다.

그는 정령석을 대패에 놓고 갈기 시작했다.

부욱, 부욱, 부욱!

정령석에서 레서 엘리멘탈을 개방시키는 방법은 상당히 많지만, 그중에서 가장 유명한 것은 바로 정령석을 갈아서 레서 엘리멘탈을 만들어내는 것이다.

딱딱하게 굳어 있던 정령석을 곱게 갈아서 다시 물에 풀면 그 상태로 둥그런 구체를 형성하게 된다.

이때 정령력을 조금 불어넣어 주면 그 형상이 유지되면서 공중에 둥둥 떠다니게 된다.

그것이 바로 정령들의 가장 기본 단위인 레서 엘리멘탈이다.

강수는 잘 갈린 정령석을 물에 풀었다.

사르릉, 사르릉.

한 번 저을 때마다 싱그러운 소리를 내는 정령석에서 찬란한 빛이 뿜어져 나왔다.

약 5분 후, 그 찬란한 빛이 사그라지면서 드디어 구체가 그 모습을 갖추어갔다.

주변에서 그것을 구경하고 있던 크룩과 그 부하들이 탄성을 터뜨렸다.

"크룩, 크룩!"

"크부오오!"

아마도 이런 빛을 평생 처음 보았을 오크들에겐 이보다 더 좋은 볼거리는 없을 것이다.

이제 강수는 이 구체에 생명을 불어넣었다.

"후우웁!"

강수의 숨길이 닿자마자 구체가 서서히 공중으로 떠오르기 시작했다.

우우우웅!

그리곤 구체에서 푸른색 불길이 뿜어져 나왔다.

그 불길은 손에 닿아도 뜨겁지 않으며, 딱딱하게 말라 있던 천을 축축하게 적셨다.

구체 근처에서 일렁이는 것은 불길이 아닌 물의 파노라마였던 것이다.

크룩과 오크들은 강수가 만든 구체의 파노라마를 손으로 만져보았다.

촤락!

"크루욱!"

"물이다. 놀랄 것 없어."

강수는 레서 엘리멘탈이 내뿜는 물의 파노라마를 한입 마셔 보았다.

꿀꺽!

"으음, 물맛이 좋구나."

이 정도의 순도라면 굳이 정수를 하지 않아도 음용할 수 있을 것 같았다.

이제는 이것을 나무에 기생시킬 차례다.

강수는 레서 엘리멘탈의 몸통에 미스릴로 만든 쇠사슬을 묶었다.

사르르릉!

이리저리 몸부림치는 레서 엘리멘탈을 손으로 붙잡은 강수는 이내 엔트가 모여 있는 군락지로 향했다.

*　*　*

엔트 중묘목이 모여 있는 1구역.

강수는 그 아래를 삽으로 파 내려가기 시작했다.

퍽퍽퍽퍽!

뿌리가 다치지 않도록 조심해서 땅을 파 내려가니 축축한 엔트의 뿌리가 보였다.

이제 뿌리가 슬슬 두 갈래로 줄어드는 것을 보니 한 쌍의 발로 변해갈 준비를 마친 것 같았다.

"조금만 더 지나면 군싱목으로 자라겠군."

그린드래곤이 있는 한 엔트는 더 이상 강수에게 위협적인 존재가 될 수 없었다.

아르테미스가 가장 좋아하는 먹이인 엔트가 덩치를 키워봐야 영양가만 높일 뿐이다.

그는 쇠사슬로 묶어둔 준정령을 엔트의 뿌리에 가져다 놓았다.

그리곤 엔트의 밑동을 쇠사슬로 묶어 행여나 돌발행동을 할 수 없도록 미연에 방지했다.

사르르르릉!

끝까지 반항하는 준정령. 하지만 녀석의 반항도 그리 오래

가지는 못할 것이다.

이미 녀석의 물의 파노라마가 점점 흐려지고 있고, 그것은 그 정령력이 슬슬 힘을 다해간다는 뜻이기 때문이다.

강수는 이대로 한 일주일간 방치하기로 했다.

일주일 후, 이제 준정령의 구체는 더 이상 푸른빛을 발하지 못했다.

끼이이잉.

거의 다 죽어가는 준정령. 이쯤에서 정령력을 보충하지 못하면 녀석은 아마 소멸하고 말 것이다.

"자, 어떻게 할 것이냐? 먹을 것이냐?"

엔트 역시 곧 정령수로서의 모습을 갖춰갈 것으로 보였고, 이제는 시간과의 싸움이었다.

바로 그때, 드디어 준정령이 행동을 시작했다.

촤락!

준정령은 자신의 구체에서 뾰족한 돌기가 만들어내더니 이내 엔트의 뿌리에 그것을 꽂아 넣었다.

끼이이익!

엔트는 몸을 비틀어대며 괴로워했지만 이미 공생은 시작되고 있었다.

준정령은 엔트의 수액을 자신의 몸 안으로 빨아들여 다시 정령력을 보충하고 있었다.

아마도 이 정도 속도라면 하루 안에 처음의 상태로 되돌아갈 것으로 보였다.

"랄프 녀석, 머리가 꽤 좋군."

엘프들 사이에서 드워프는 무식하게 힘만 세고 망치질만 잘하는 종족으로 회자되곤 했다.

하지만 그것은 엘프들의 허풍에 지나지 않는 얘기다.

대륙 최고의 대장장이인 드워프족은 예술적인 감각을 타고났다.

때문에 창의력 하나는 그 어떤 종족에 뒤지지 않을 정도로 뛰어나다.

그런 그들의 두뇌는 상당히 뛰어난 편이며, 오히려 엘프보다 진보한 두뇌를 가졌다고 할 수도 있다.

드워프 대장장이 랄프 덕분에 파훼법을 찾은 강수로선 엘프들의 허풍을 더 이상 믿을 수가 없어졌다.

이제 그는 지금 이 녀석보다 더 작은 준정령을 만든 후 연쇄반응을 보이는지 알아봐야 한다.

* * *

랄프의 예상은 정확했다.

강수가 만들어낸 준정령들이 꼬리에 꼬리를 물고 늘어져 그 생명을 유지하고 있는 것이다.

우우우웅!

준정령의 행렬 끄트머리에 있던 녀석에게 미스릴로 만든 관을 연결하고 그 안에 정령석을 설치하여 정령력을 뽑아냈다.

이렇게 하면 미스릴 관이 빨아들인 정령력이 강가와 지하에 물을 공급하여 시간당 5~10리터의 물을 뿜어낸다.

만약 2만 그루의 엔트 묘목에게서 전부 다 물을 얻어낸다면 시간당 10만~20만 리터의 물을 받아낼 수 있다는 계산이 나온다.

이 중에서 공기 중으로 증발하는 물과 지하로 침전되어 다른 수맥으로 흘러드는 물을 뺀다고 해도 3분의 2는 살아남아 강을 타고 흐를 것이다.

더군다나 이 물이 증발되어 공중으로 흩어진다고 해도 그 수증기가 구름을 만들어내는 데 일조할 테니 문제될 것이 없었다.

또한 수풀이 우거지면 겨울에 내리는 폭풍설쯤은 큰 문제가 되지 않으니 상관없다.

한마디로 랄프가 고안해 낸 정령의 연쇄작용은 아주 혁신적인 방법이었다.

1월 중순, 이제 슬슬 대설을 지나 본격적인 봄으로 접어들고 있었다.

엔트의 수액을 먹여 키운 나무들이 강수의 키만큼 자랐다.

그는 오크들로 하여금 짚으로 된 방한 장비를 나무에 두르도록 했다.

뚝딱, 뚝딱!

나무에 작은 못을 박아 고정시킨 방한 장비는 겉에 짚을 두른 솜옷의 형태다.

행여나 나무가 숨을 쉬지 못할 것을 대비하여 겉에 짚을 두르고 속을 솜으로 채웠다.

이 정도 장비라면 아마도 봄이 오는 3월까지는 거뜬히 버틸 수 있을 것이다.

더군다나 고비사막 부분이 봄은 한국보다 훨씬 더 빨리 오기 때문에 적어도 낮에는 채광을 할 수 있다.

이제 이것을 2월에서 3월 사이에 거두면 강변이라는 이점을 안고 급속도로 자랄 것이다.

350억짜리 공사라고 하기엔 엄청난 성공을 거두었다고 할 수 있었다.

강수는 이제 온전히 강의 모습을 갖추어가는 제2식목 지역을 바라보았다.

"흐음, 좋군."

숲을 만든다는 것이 얼마나 허황된 꿈인지 알고 도전했지만, 그는 기어코 성공을 거두었다.

이제 그는 공사대금을 받으러 중국 내몽골자치구 지방정부로 향했다.

*　*　*

내몽골자치구 지방정부 행정장관 첸징런은 강수가 이뤄낸 기적을 자신의 눈으로 직접 바라보면서도 도저히 믿을 수 없다는 표정이다.

"…고비사막에 숲이 생길 수도 있군요!"

"수많은 시행착오가 있었습니다. 앞으로 이 숲을 유지하는 것도 상당히 중요하고요."

중국은 80년대부터 황사를 막기 위한 녹지 조성에 엄청난 자금을 투자했다.

하지만 급격한 산업화로 사막이 증식하면서 잠시 그 정책이 정체기를 맞았다.

아마도 강수의 이런 성공이 중국 중앙정부에 전해진다면 그에게 엄청난 관심이 쏠릴 것이다.

첸징런은 고비사막 북부지역 녹지 조성에 대해 이렇게 설명했다.

"지금까지 황사로 인해 우리 정부는 한국을 비롯한 일본과 끝도 없는 신경전을 벌여야 했습니다. 또한 국제적으로도 미세먼지에 대해 책임을 지라는 지탄을 받아오고 있지요. 이것은 중한수교에 지대한 영향을 미칠 것이며, 앞으로 중국이 전 세계에 미칠 환경적 악영향을 미연에 방지한 일입니다. 당신은… 영웅입니다."

이 정도 극찬을 받을 줄은 꿈에도 몰랐던 강수는 몸 둘 바를 모를 지경이다.

"뭐, 그 정도까지야……."

그는 고개를 가로저었다.

"아닙니다! 당신은 정말 엄청난 일을 해낸 겁니다. 우리 정부에서 숲을 조성하려고 얼마나 많은 돈을 퍼부었는지 알고 계십니까? 하지만 이 광활한 고비사막에서 참패하고 고배를 마셔야 했습니다. 그런 우리의 실패를 당신은 단 한 방에 정리해 버렸습니다. 이것이야말로 엄청난 성공이 아니고 무엇이겠습니까?"

"그렇게 말씀해 주시니 감사할 따름입니다."

첸징런은 강수에게 조금 더 거대한 그림을 그려줄 것을 종용했다.

"제가 한국 정부와 사장님을 이곳으로 초빙하여 고비사막에 산맥을 만든다면 어떻게 하실 겁니까? 손을 들어주실 생각이 있으십니까?"

"고비산맥……!"

중국이 나무로 만리장성을 쌓을 것이라는 것은 이미 유명한 얘기지만 고비산맥을 만든다는 것은 사실상 아주 어려운 일이다.

"이 프로젝트가 쉬울 것이라고는 절대 생각하지 않습니다. 이 고비사막을 두고 정치적 대립이 가속되고 국가 간의 외교적 입장이 모두 다르니까요. 게다가 이 황사 덕분에 먹고사는 사람들이 가만있지 않을 겁니다."

"으음……."

"그럼에도 불구하고 당신이 이 일에 주축이 되어준다면 중국은 물론이고 한국, 더 나아가선 일본과 미국까지 그 영향을 미칠 겁니다."

아시안 더스트(Asian dust)라고 불리는 황사는 미국에서도 발견될 정도로 유명하다.

그 역사 또한 상당히 오래되었으며, 한반도에선 황사 때문에 내리는 비를 토우(土雨)라고 불렀다.

당시에는 임금의 치세를 지탄하는 하늘의 계시라고 여겼지만 지금에선 호흡기 질환 등을 일으키는 악성 바이러스로 생각되고 있다.

첸징런은 그런 악순환의 고리를 자신의 대에서 끊어버리

고 싶었다.

"자금은 넉넉하게 지원하겠습니다. 물론 이곳에서 고생하는 사장님의 노고 또한 당연히 보상할 것이고요."

"흠."

강수의 입장에선 이 일을 받아들이면 또 한 번의 기회가 생기는 셈이다.

하지만 덩어리가 너무 큰일이라 조금 망설이고 있을 뿐이다.

그러나 그는 기회가 왔을 때 놓치는 바보가 아니었다.

"좋습니다. 저를 고용해 주신다면 고비사막에 산맥을 만들어보도록 하겠습니다."

"저, 정말이십니까?!"

"하지만 저는 정치적 이념이나 외교적 입장 같은 것은 잘 모릅니다. 그런 복잡한 문제에서 저를 끌어들이신다면 저는 당장 이 일을 그만둘 겁니다."

"물론입니다! 사장님께선 그저 아무것도 생각하지 마시고 일만 해주시고 이득을 챙기시면 됩니다."

"그렇게 배려해 주신다면 저야 감사하지요."

"하하, 아니요! 오히려 제가 더 감사합니다!"

두 사람은 손을 맞잡았다.

"일이 쉽지는 않을 겁니다. 그래도 저희가 최선을 다해 보필하겠습니다."

"잘 부탁드립니다."

"저희야말로요."

이제부터 두 사람은 공생관계가 될 것이다.

* * *

강수가 10만 평 부지에 녹지를 조성한 것에 대해 학자들은 우려를 표명했다.

일찌감치 중국 정부가 엄청난 자금을 투입시켜 녹지를 조성하려 애를 썼지만 번번이 실패를 거듭해 왔다.

그럼에도 불구하고 강수와 같은 일반인이 녹지를 조성한다면 당연히 실패할 것이라고 생각하는 것이다.

하지만 내몽골자치구는 자신들의 소관대로 우직하게 강수를 믿고 그를 제1사업자로 선정했다.

사실 제2, 3사업자가 선정될지도 의문이지만 그가 메인 사업자로 선정된 것은 아주 큰 의미가 있었다.

우선 그가 가지고 있는 남매네 건강원과 임업회사는 앞으로 주식시장의 주목을 받게 될 것이다.

그렇게 되면 강수의 몸값은 당연히 올라갈 것이니 앞을 바라보아도 이 일은 아주 큰 의미가 있었다.

그리고 또 하나, 앞으로 그가 강산건설과 물산을 인수하여 자신의 것으로 만들고 키우는 데 상당히 유리한 고지를 점할 수 있다.

여러모로 강수는 아주 제대로 된 뒷배를 만난 셈이다.

한국 환경부차관 정번일은 첸징런 자치장관을 만나 강수가 고비사막에서 벌이는 사업에 대한 법적 조항을 조율했다.

정부 차원에서 강수를 지원해 주기 위해 온 정번일은 모든 것을 강수에게 우선적으로 맞춘다는 그의 의견에 별다른 조율 없이 협상을 끝냈다.

그리고 가진 오찬 자리. 정번일은 강수를 향해 아주 흡족한 미소를 지었다.

"잘하셨습니다. 한국에서 이런 걸출한 인재가 나오다니 너무나 기쁘군요."

"과찬이십니다."

"아니요. 당신은 앞으로 우리 땅에 가장 필요한 인재가 될 겁니다. 제가 장담하지요."

정번일은 요즘 황사를 비롯한 대기오염 문제로 골머리를 앓고 있는 중이다.

국민들은 물론이고 국회의원들까지 대기오염에 대한 문제로 환경부를 자꾸 욕해대니 그로선 머리가 아플 수밖에 없었다.

한데 그 문제를 풀 실마리가 생겼으니 기뻐서 춤이라도 출 판이다.

"우리 정부 차원에서도 귀사에 대한 지원을 아끼지 않을 겁니다. 그러니 마음껏 날개를 펼치십시오."

"감사합니다."

강수는 든든한 아군을 한 명 더 얻었다.

* * *

강산의 실종 신고가 접수된 지 몇 달째. 경찰은 그를 사망 처리하기로 했다.

연고가 없는 강산을 더 이상 기다리는 사람이 없자 경찰은 그를 사망자로 단정 지은 것이다.

경찰도 접어버린 수사, 그 수사를 대신하는 사람이 있었다.

그의 이름은 김예성, 영문으로는 다니엘 젝슨이라는 이름을 사용한다.

그 밖에 총 열네 개의 이름을 가진 그는 열 개 국적에 사용 가능한 언어는 무려 열다섯 가지에 달한다.

스무 살 때부터 인터폴 소속으로 일해 온 그는 프로파일링에선 세계 권위자들조차 놀랄 정도의 재능을 가지고 있었다.

또한 수많은 사건을 경험한 그는 프로파일링 외에도 혈액에 대한 전문적인 지식을 쌓았으며, 부검을 비롯한 사망역학에도 해박한 지식을 가지고 있다.

또한 어려서 겪은 엄청난 일과 CIA, FBI를 두루 거치며 얻어낸 경험 또한 그를 세계 최고의 전문가로 만들었다.

지금은 인터폴에서 나와 사설탐정으로 있지만 아직도 그의 명성은 세계적으로 자자했다.

그런 그가 지금 거액의 의뢰를 받고 자신이 가진 재능과 지식을 유감없이 발휘하고 있었다.

그가 받은 의뢰의 내용은 이러했다.

우선 실종된 강산의 뒤를 쫓으면서 그를 실종자로 만들어 버린 사람을 밝혀내는 것이다.

그는 자신이 프로파일링한 양철파의 조직원들을 차례대로 만나고 다녔다.

하지만 감옥에 들어가 있는 조직원들의 대답은 모두 한결같았다.

"강산이가 어디로 꺼졌는지 내가 어떻게 아나?"

"네놈들을 처리하려고 혈안이 된 사람이 누구인 줄 알고 그렇게 뻗대는 것인가?"

"훗, 그걸 내가 신경 써야 하나?"

도대체 배후에 누가 있는 것인지는 몰라도 그들은 여간해서는 입을 열 것 같지가 않았다.

이번에는 그들을 회유해 보기로 했다.

"잘 만하면 감옥에서 꺼내준다고 하지 않나? 거기에 두둑이 주머니를 채워줄 사람도 있다. 그런데도 내 제안을 거절하겠다는 건가?"

"큭큭, 멍청한 놈. 돈이라면 어지간히 벌었다. 검찰에서 내 죄를 확정 지어서 감옥에 처넣긴 했지만 재산은 건드리지 않더군. 아마 네가 내 뒤를 캔다고 해도 재산은 건드리지 못할 거다."

"으음, 주머니가 빵빵해서 말하기 싫다 이거군."

"뭐, 꼭 그런 것만은 아니야. 아마도 주머니가 가벼워도 네놈에게 해줄 말은 같았을 거다."

보통 이렇게까지 누군가를 두둔하는 것은 상대에게 엄청난 빚을 졌거나 무언가를 공모했을 때다.

만약 그게 아니라면 정말 목숨이 아까워 별달리 입을 열지 못하는 것일 수도 있다.

'자신들의 뒷배가 묻는 말에 대답을 하지 않다니 줄을 다시 선 건가?'

양철파는 원래 허영수가 살인청부업자들을 규합해서 만든 조직이다.

그 조직이 인신매매로 돈을 벌어 건물을 사고 여자들까지 사서 장사를 하고 있었다.

그 허영수가 죽고 나서는 당연히 더 위의 존재에게 충성을 다해야 했을 것이다.

그런데 그 존재를 부정한다는 것은 줄을 다시 섰다고밖에 설명할 길이 없었다.

"으음, 돈도 싫다니 내가 할 말이 없군."

"그래, 그러니 헛소리 그만 지껄이고 집에 가서 발 닦고 잠이나 자라."

이윽고 자리에서 일어서는 사내, 그를 바라보며 김예성이 마지막으로 물었다.

"좋아, 그럼 하나만 묻지."

"뭔가?"

"그놈, 낫과 망치를 사용하는 것 같던데, 맞나?"

순간, 그의 눈동자가 아주 살짝 흔들렸다.

"…뭔 개소리를 하는 건지 모르겠군. 이 세상에 낫이랑 망치를 함께 사용하는 통나무장사꾼이 어디 한둘인 줄 아나?"

"그런가?"

"싱거운 놈이군."

재빨리 면회실을 나선 그이지만 김예성은 이 짧은 찰나의 순간에서 단서를 얻었다.

'한 명이다. 놈들은 단 한 명에게 당한 거야.'

건물 벽을 칠갑할 정도로 낭자한 핏자국, 김예성은 그것을 조직 간의 혈투라고 생각했다.

하지만 이제 보니 양철파는 한 사람에게 초토화를 당한 것이다.

그는 분명 낫과 망치를 쓰는 것이 맞느냐고 물었다. 그런데 돌아온 대답은 망치와 낫을 함께 사용한다는 것을 암시했다.

그때 본 자국들과 선혈, 이것은 모두 한 사람이 남긴 흔적이었다.

'괴물이다. 이놈은 진짜야.'

간혹 사람을 죽이는 데 탁월한 재능을 타고난 이들이 있다.

대부분 그들은 살인청부업자가 되거나 반대로 국가정보요원이 되어 주요 인물을 암살하거나 범인을 사살하는 데 그 재능을 사용한다.

그들의 살상 능력은 일반인이 생각하는 수준 그 이상이며, 가끔은 일 대 다수와의 싸움에서도 상대방을 몰살시키기도 한다.

그런 측면에서 봤을 때 누군가 해결사를 고용했거나 해결사 본인이 보스를 자처했을 수도 있다는 소리다.

그러니까 그는 지금 엄청나게 위험한 살상기계의 뒤를 쫓고 있는 것이나 마찬가지였다.

"괜한 일을 맡았군."

인터폴을 나와 혼자서 일을 하는 것이 좋긴 하지만 가끔은 신변 보장이 되지 않는다는 것이 문제였다.

물론 그 역시 타의 추종을 불허하는 살인 기술을 가졌다.

그럼에도 불구하고 신변의 위협을 받는다는 것은 썩 기분이 좋지 못한 일이다.

그는 이내 교도소를 나섰다.

"또 사람이 죽겠군."

교도소를 나서는 그의 머릿속에는 양만철이 제거해 나갈 사람들의 명단이 차례대로 그려졌다.

아마도 그는 자신의 조직이 다른 사람의 손에 넘어간 꼴을 가만히 두고 보지 않을 것이다.

조직폭력배의 뒷배야 얼마든지 있고 그들은 양만철의 친절한 도구로 사용될 터였다.

조만간 저 교도소에 피바람이 불지도 모를 일이다.

"하지만 나완 상관이 없지."

그는 이제 사라진 강산파의 새로운 보스를 찾아 길을 떠났다.

*　*　*

이른 아침, 김명두가 강수를 찾아왔다.

그는 아주 중요한 얘기가 있다면서 그를 찾아왔는데, 표정이 심상치가 않았다.

"무슨 일인데 그렇게 무게를 잡나?"

"저……."

"말해라."

김명두는 아주 무거운 표정으로 입을 열었다.

"아무래도 양만철이 해결사를 고용한 것 같습니다."

"해결사?"

"이 바닥에선 아주 유명한 놈인데, 인터폴에서 전문 프로파일러로 일한 경력이 있습니다."

"스펙이 좋은 놈이군. 그런데 프로파일러가 무슨 해결사 노릇을 한단 말인가?"

김명두는 자신이 직접 스크랩한 자료들을 강수에게 보여주며 말했다.

"예전 이슬람계 무장 단체에 한 소년이 납치당한 사건이 있었습니다. 당시 그의 나이 만 아홉 살, 한국 나이로 열한 살이었지요."

"으음, 그 김예성이라는 소년 말인가? 나도 알고 있다."

"아마 그러실 겁니다. 지금으로부터 15년이 지난 얘기이지만 당시에는 세간을 떠들썩하게 만들었으니까요."

지금으로부터 15년 전, 그러니까 강수가 중학교를 그만둘 당시의 얘기다.

한창 이슬람 무장 세력이 테러를 자행하며 악의 축으로 지목을 받았을 때, 한 소년이 이슬람 무장 단체에게 피랍을 당했다.

만 아홉 살이던 그 소년은 고아원에서 자라나 미국으로 입양을 가던 중에 피랍을 당하고 말았다.

그 이후 약 10년간 소식이 끊어졌다가 돌연 CIA요원이 되어 나타났다.

그 자세한 내막을 아는 사람은 별로 없지만 그가 어떤 세월을 보냈을지는 굳이 듣지 않아도 알 만했다.

"이 김예성이라는 청년은 CIA에서 FBI 소속으로 자리를 옮겼다가 인터폴 본부로 들어갔지요. 그 이후엔 사설탐정으로 업종을 전환하여 활동하고 있습니다."

"그러니까 그 김예성이라는 소년이 해결사가 되어 돌아왔단 말인가?"

"예, 그렇습니다."

"거참, 별일이군. 멀쩡한 철밥통을 스스로 걷어차고 왜 해결사가 되었을까? 돈이 궁했나?"

"그것은 알 수 없습니다만, 놈의 살인 기술이 상상을 초월한다는 것만큼은 확실합니다. 그런 만큼 몸값도 비싸고 의뢰도 가려서 받는 것으로 알고 있습니다."

"흐음……."

"만약 놈이 우리의 뒤를 쫓고 있다면 조금 위험한 상황에 빠질 수도 있습니다."

강수는 김예성이라는 청년의 진가를 알지 못한다. 하지만 지금 김명두가 이렇게까지 호들갑을 떨 정도라면 그가 얼마나 위협적인 존재일지는 어렴풋이 짐작이 갔다.

"놈이 우리의 뒤를 쑤시고 다니고 있답니다. 심지어 교도소까지 전전하면서 말이지요."

"양철파와 내가 관련이 있다는 사실을 알고 있는 건가?"

"강산을 추격하다가 사장님에 대해 알아냈을 수도 있지요."

"그렇군."

"입단속은 시켜두었습니다만, 조간만 사장님의 근처를 맴돌 수도 있겠다는 생각이 드는군요."

"그래, 그럴 수도 있겠어."

"당분간 조직 활동은 접는 것이 좋겠습니다."

강수는 고개를 가로저었다.

"아니, 그럴 수는 없지. 그 한 놈 때문에 내 계획을 수정할 수는 없는 노릇 아니냐?"

"하지만……."

"괜찮다. 어차피 한 번은 부딪쳐야 할 일이다. 그럴 것이라면 하루라도 빨리 해치우는 편이 낫지."

"그건 그렇군요."

강수는 이제 슬슬 양만철의 손에서 받아낼 것을 받아낼 생각이다.

"이제 우리가 움직일 차례다. 놈이 무슨 설레발을 치고 다니든 간에 나와는 상관이 없는 일이니까."

"정 그러시다면 따르겠습니다."

두 사람은 이제 본격적으로 움직일 때였다.

제8장

씁쓸한 동창회

한가로운 주말 아침, 자명종 시계가 강수의 귓전을 두드렸다.

따르르르르릉!

"으음……."

유난히도 잠귀가 밝은 강수는 피곤한 눈으로 고개를 돌려 시계를 확인했다.

[오전 9시 30분]

고비사막에서 돌아와 간신히 얻은 휴가를 만끽하려던 강

수는 자리에서 일어나 세면실로 향했다.

"하아아암!"

쉬는 날엔 아예 아무것도 신경 쓰지 않고 잠만 퍼 자는 강수가 자리에서 일어선 것은 순전히 동생 희수 때문이다.

오늘은 희수의 정기검진이 있는 날이었기에 어쩔 수 없이 잠을 포기한 강수다.

쏴아아아아!

세면대의 물을 틀어 차가운 물을 받은 강수는 이내 옷을 벗고 찬물을 끼얹었다.

촤락!

"으허, 춥다!"

이따금 잠이 깨지 않을 때엔 냉수마찰로 정신을 깨우는 강수다.

한차례 찬물이 온몸을 훑고 지나가니 마침내 정신이 번쩍 들어 눈이 확 뜨인다.

"좋군."

이내 세면실에서 나온 강수는 아직도 잠에 빠져 있는 희수를 깨웠다.

"어이, 일어나! 기상이다!"

"으음……."

강수는 일어날 생각을 하지 않는 희수의 이불을 확 걷어버렸다.

휘익!

그러자 그녀는 몸을 둥그렇게 웅크리더니 꿈틀꿈틀 자리에서 일어섰다.

"벌써 일어났어?"

"벌써라니 지금 시간이 몇 시인데. 열 시가 다 돼가."

"어머나, 언제 시간이 그렇게 됐지?"

이윽고 힘겹게 자리에서 일어선 희수는 퉁퉁 부운 눈으로 세면실로 향했다.

"잠 깨라."

"응……."

그녀는 강수가 받아둔 찬물에 머리를 콱 박았다.

첨벙!

그리고 약 10초 후, 그녀는 아주 말끔해진 얼굴로 고개를 들었다.

"푸하! 이제야 좀 살 것 같네!"

강수는 익숙한 솜씨로 차가운 국을 데우고 반찬을 꺼내어 상을 차렸다.

어려서부터 진료가 이른 시간에 잡히면 이렇게 축 늘어지는 시간을 보내곤 하던 남매다.

언제나 그녀를 깨우고 밥을 챙겨 먹이는 것은 오빠 강수의 몫이었다.

이윽고 세면실에서 나온 그녀는 강수와 마주 앉아 식사를 시작했다.

"쩝쩝……."

더디게 먹고 있긴 하지만 아침부터 밥이 저렇게 잘 넘어간다는 것은 그녀의 상태가 썩 좋아졌다는 증거이다.

원래 무리해 아침에 눈을 뜨면 죽을 먹어야 간신히 끼니를 때울 수 있던 희수는 식사가 건강의 척도라고 할 수 있었다.

"많이 좋아졌군."

"…그러게. 오빠가 준 고로쇠가 정말 좋긴 좋은 모양이야."

"다시 아프기 싫으면 꼬박꼬박 챙겨 먹어라."

"응……."

남매는 느리게 밥을 먹고 정선 읍내로 향했다.

* * *

정오가 되어서야 도착한 병원에서는 희수에 대한 정밀검사가 진행되었다.

그녀는 MRI와 CT, X-RAY 등을 모두 촬영하고 그 결과에 대해 전해 듣기로 했다.

희수의 새로운 주치의 강성범은 강수의 중학교 동창으로, 원래 주치의가 전근을 가면서 교대로 들어온 사람이다.

우연치 않게도 강수의 동창이 그녀를 맡았기에 어쩌면 불필요할 수도 있는 검사까지 죄다 받아야 했다.

"으음, 일단 경과는 아주 좋아. 이 정도면 거의 정상인이라고 봐도 되겠어."

"그렇게까지 상태가 좋아진 것이군."

"하늘이 도왔다고 해야 하나? 아니면 네 정성이 하도 갸륵해서 땅에서 상을 내린 것인지도 모르겠다."

"어느 쪽이 되었든 나았으니 다행이다."

"그러게 말이다."

강성범은 그녀가 호전을 보이다 완치의 희망을 품던 시절부터 주치의를 맡았다.

하지만 어려서부터 그녀가 아팠다는 것은 익히 알고 있었기 때문에 굳이 차트를 보지 않아도 상태를 진단할 수 있었다.

"기적이 자주 일어나는 것도 아니고 앞으로 관리를 잘못하면 그 기적이 무색하게 병이 재발할 수도 있어. 그러니 당분간은 조심해서 살자고. 먹을 것도 가려서 먹고 운동도 하고."

"그래, 알겠다."

강수는 그녀를 대신하여 결과를 전해 듣곤 이내 상담실을 빠져나가려 자리에서 일어섰다.

하지만 강성범이 그를 붙잡았다.

"야, 강수야."

"응?"

"다음 주말에 뭐 하냐?"

"글쎄다. 아직까지 정해진 일정은 없어. 아마도 일을 하지 않을까?"

"만약 일이 없으면 동창회나 나와라."

"동창회?"

강수는 강성범이 내민 동창회 초대장을 받아 들었다.

[일시 11월 30일 19시. 원주 가야호텔]

"어때? 올 수 있겠어?"

강수는 고개를 가로저었다.

"아니, 난 안 갈래."

중학교를 중퇴한 강수는 동창회에 나가는 것이 그다지 달갑지 않았다.

비록 검정고시로 중학교를 졸업하긴 했어도 함께 졸업사진을 찍지 못한 것을 콤플렉스로 여기고 있었다.

하지만 강성범은 끝까지 그를 붙잡고 늘어졌다.

"주치의인데, 부탁 좀 하자. 사람이 워낙 없어서 그래."

"동창회에 사람이 없으면 안 하면 그만 아니냐?"

"그렇긴 하지만 같은 동네 친구들끼리 가끔 얼굴 보는 자리마저 없어질까 봐 그래."

"흐음……."

"한 번만 나와라. 다음부턴 부탁하지 않을게."

이렇게까지 부탁하는데 나가지 않기도 뭐했다.

"뭐, 그럼 술이나 한잔하러 간다고 생각할게."

"그래, 잘 생각했다. 현우에게도 초대장 좀 전해줘."

"알겠다."

강수는 초대장 두 장을 챙겨서 병원을 나섰다.

* * *

강수에게 초대장을 받은 현우 역시 그다지 동창회가 당기지 않았다.

그는 강수가 껄끄러워하는 일이라면 단칼에 잘라 버리는 친구다.

심지어 그는 졸업 앨범 단체 사진에서도 모습을 감추었을 정도로 강수와의 학창 시절을 소중하게 생각했다.

그런 현우가 순순히 동창회에 나갈 리가 없었다.

"난 안 가련다. 지금까지 연락도 없다가 동창회라니 별로 당기지가 않네."

"그냥 술이나 한잔하고 오자. 나쁘지 않잖아?"

"으음……."

"어려서 연락이 안 닿았던 것뿐이지 악의는 없을 것 아니냐."

"뭐, 그건 그렇지."

강수는 현우에게 초대장을 내밀었다.

"함께 가자. 오는 길에 원주에서 막걸리도 한잔하고."

"흠, 그렇다면야 갈 의향이 있긴 하지."

원주에는 강수와 현우가 자주 막걸리를 마시넌 대폿집이 자리하고 있다.

역전 근처에 있는 대폿집에서 날이 샐 때까시 술을 퍼마시다 첫차를 타고 집에 오던 기억이 아직도 새록새록 나는 두 사람이다.

1차로 동창회를 갔다가 2차로 대폿집에서 코가 비뚤어지게 마실 요량이다.

초대장을 갈무리한 현우는 강수와 동행하기로 했다.

강수가 이번 주말에 원주로 나간다는 소식을 들은 희수가 친구 핑계를 대며 동행을 부탁했다.

"나도 가면 안 돼? 응?"

"의사가 조심하라는 소리 못 들었냐?"

"그래도 그렇지, 이렇게 매일 집에 처박혀 있는 것도 고역이라고."

"거참……."

이제 슬슬 병이 호전되어 가는 동생을 원주까지 데리고 가는 것이 썩 내키지는 않았지만 마냥 외면할 수도 없는 노릇이었다.

"후우, 그래, 알았다. 하지만 무리하면 안 된다."

"오호호! 물론이지!"

그녀는 친구들에게 전화를 돌리고 내일 입을 옷을 챙기기 시작했다.

하지만 그녀는 이내 시무룩한 표정을 지었다.

"히잉……."

"왜 그래?"

"입을 옷이 하나도 없어."

옷에 대해선 일자무식인 강수가 보기에도 그녀의 옷장에는 마땅히 입고 나갈 만한 옷이 없어 보였다.

기껏 해봐야 중고등학교 시절에 입던 교복과 투병 생활 때에 입었던 트레이닝복이 전부였다.

이래선 그녀가 기죽어 돌아다닐 것이 뻔했다.

"내일 원주 시내에서 옷이나 좀 사자."

"어머, 정말?!"

"그깟 옷이 얼마나 한다고 우거지상이야? 내가 준 돈은 다 어디다 쓰고."

"나, 나도 돈 들어갈 곳 꽤 많아! 동생 무시해?"

"누가 뭐래? 아무튼 오늘은 일찍 자라. 어차피 내 동생이니 호텔 뷔페나 함께 가자."

"뷔페? 뷔페?"

"자식, 그렇게 좋냐?"

"오호호호!"

강수는 항상 자잘한 것에 감사할 줄 아는 동생이 대견하면서도 안쓰러웠다.

얼마나 집에 오래 붙어 있었으면 저러나 싶었다.

'원주로 이사를 가야 하나.'

머리가 복잡해지는 강수다.

*　　*　　*

동창회 당일.

강수는 현우와 희수를 데리고 원주로 향했다.

강원도에서 가장 인구가 많은 원주는 이 일대에서 가장 번

화했다.

그중에서도 백제호텔은 중심가 한가운데 위치하고 있는데, 주차를 하기가 상당히 번거로웠다.

해서 강수는 정선터미널에 자동차를 주차시켜 놓고 원주 백제호텔 직통 버스를 타고 이동했다.

덕분에 번거롭지 않게 백제호텔 부근에 도착할 수 있었다.

그녀는 백제호텔 부근에서 쇼핑을 즐기기로 했는데, 옷을 하나 고르는 데만 무려 30분이 걸렸다.

강수와 현우는 그녀의 깐깐한 쇼핑을 따라다니느라 무릎이 나갈 지경이다.

"세상에, 티셔츠 한 장 사는데 무슨 시간이 이렇게 오래 걸려?"

"오래 걸리다니, 그래도 사람이 입는 건데 신경을 써야지. 그리고 아직 외투는 사지도 않았어."

"그, 그렇군."

지금 강수는 왜 동생과 동행했는지 속으로 땅을 치고 후회하는 중이다.

아무리 불쌍한 여동생이지만 이렇게 하루 종일 따라다니며 쇼핑에 희생되는 것은 딱 질색이었다.

"…대충 고르고 가자."

"아니야. 천천히 골라."

현우는 같은 남자로서 강수에게 공감했지만 매일 집에 콕 박혀 있는 희수를 걱정했다.

그렇기 때문에 기꺼이 자신의 시간을 할애하고 있는 것이다.

"아싸! 오빠 최고!"

"후후, 그래……."

하지만 표정이 썩 밝지는 못했다.

"역적 같은 놈."

"희수잖아. 오늘 하루쯤은 봐줘야지."

"…그래, 너 잘났다."

어쩔 수 없이 원주 시내를 죄다 돌아다닌 지 두 시간, 이제야 마지막 집에 도달했다.

이곳은 여성 의류만 취급하는 곳이라 종류도 많고 가격도 저렴한 것이 특징이다.

딸랑!

"어서 오세요!"

반갑게 강수들을 맞이하는 그녀, 어쩐지 낯이 익은 얼굴이다.

현우는 단번에 그녀의 얼굴을 알아보았다.

"어, 어어! 정은미?!"

"어머나! 현우 아니니?!"

"그래, 나 현우야!"

강수는 고개를 갸웃거리며 정은미를 바라보았다.

"누구야?"

그러자 그녀는 강수를 바라보며 반갑게 웃었다.

"야, 얘가 강수야? 너 이 자식, 이젠 나도 못 알아봐? 나잖아. 치킨집 은미!"

가만히 그녀를 바라보던 강수는 그제야 은미를 알아보았다.

"아, 아아! 그 푼수 은미?"

"…너 죽을래?!"

"크크, 아직 그 성질 안 죽었군."

중학교에서 왈가닥으로 유명했던 은미는 정선 읍내에 있는 몇 안 되는 치킨집 딸이었다.

하지만 경기가 어려워지면서 문을 닫았는데, 한 15년간 연락이 통 닿지 않았다.

강수는 오랜만에 보는 그녀가 무척이나 반가웠다.

"자식, 진짜 오랜만이네. 어떻게 지냈어?"

"나야 항상 잘 지내지. 너도 오늘 동창회 나오냐?"

은미는 고개를 가로저었다.

"동창회는 무슨, 밥 벌어먹기도 힘든데 동창회가 웬 말이냐?"

"많이 바쁜 모양이구나?"

"옷 장사는 주말이 피크야. 당연히 가게를 비울 수가 없지."

"하긴 그렇겠구나."

아무래도 그녀는 원주에서 옷 장사를 하면서 그다지 넉넉한 생활을 하고 있지는 않은 모양이다.

"아무튼 만나서 반갑다, 강수야. 이제부터라도 연락 좀 하고 지내자."

"그럼 그럴까?"

번호를 교환한 강수지만 그녀와 다시 만날 수 있다곤 전혀 생각하지 않았다.

원래 동창이라는 것이 만나면 반갑지만 막상 연락해서 술자리 한번 갖는 것이 쉽지 않기 때문이다.

아마 집안 경조사나 있어야 간신히 얼굴을 볼 수 있을 것이다.

결혼식, 백일잔치, 돌잔치, 장례식을 끝으로 다신 얼굴 보기 힘든 사이가 바로 동창이다.

그나마도 경사엔 얼굴을 비추지 않는 사람이 많으니 강수완 인연이 없다고 봐도 무방했다.

하지만 그녀를 본 김에 매상이나 올려주려는 강수다.

"내 동생이야. 기억할지 모르겠다."

"어머, 희수?"

"네, 언니. 안녕하세요?"

"그래, 이젠 아가씨가 다 되었네? 아팠던 것으로 기억하는데 좀 어때?"

"거의 다 나았어요."

"어머, 잘되었다!"

"그래, 잘되었으니 희수에게 잘 어울리는 옷 한 벌 쫙 빼줘 봐. 입을 옷이 없단다."

"알겠어! 최신 스타일로 특별가에 모셔야지."

아는 사람 집에 왔으니 더 이상 돌아다닐 일 없는 강수다.

그는 지금이라도 아는 사람을 만나서 다행이라며 가슴을 쓸어내렸다.

* * *

동창회에 나온 사람은 총 열두 명, 그나마도 아이들을 데리고 저녁이나 해결하러 나온 사람을 빼면 열 명도 채 되지 않았다.

동창회가 열린 것은 성범이 백제호텔 이사와 안면이 있고, 마침 VIP 예약권이 여러 장 있었기 때문이다.

그러니까 성범은 공짜로 친구들을 불러다 공짜 술이나 배불리 먹이려는 심산이었던 것이다.

하지만 그마저도 뜻대로 되지 않았다.

"참, 요즘 다들 시골 떠난다고 해서 원주로 잡았더니 사람도 없네. 간만에 공짜 티켓이 생겼는데 말이야."

"그러게 말이다."

초대장에는 분명 참가비가 없다고 적혀 있었지만 술값이 굳는 것보다 생업이 중요한 모양이었다.

하지만 분명 생업보다 중요한 것은 없기에 어쩌면 이 결과는 당연하다고 볼 수도 있었다.

"조금 이른 시간이지만 술이나 한잔하자."

"그럴까?"

오늘은 차도 미리 주차해 두었기 때문에 술을 마셔도 큰 문제는 없을 것이다.

그는 현우와 강수에게 잔을 건넸다.

"건배할까?"

"그러자고."

희수가 옆에 없는 동안 강수는 마음껏 술을 마시기로 했다.

지금 그녀는 호텔을 돌아다니면서 자신이 먹고 싶은 음식을 죄다 먹고 있을 것이기 때문에 조금은 신경 쓰지 않아도 될 것이다.

그렇게 한참을 술을 마시고 있는데 강수의 전화기가 울렸다.

지이이이잉.

[정은미]

강수에게 전화가 걸려온 사람은 다름 아닌 은미였다.

"여보세요?"

—응, 강수야. 혹시 아직도 술 마시고 있어?

"동창회장에서 한잔 마시고 있지. 넌 어딘데?"

—지금 장사가 거의 다 끝나가서 전화 한번 해봤어. 몇 시까지 거기에 있을 거야?

"한두 시간 정도 더 있을 것 같아."

—잘되었네. 그 정도면 가게 마감하고 갈 수 있겠다. 동창회 끝나고 술 한잔할래?

강수는 고개를 돌려 현우를 바라보았다.

"은미인데, 술 한잔하자는데?"

그는 당연히 고개를 끄덕였다.

"나야 좋지. 원래 우리 오늘 술 마시려고 했잖아."

"그런가?"

이번에 그는 성범에게 의중을 물어보려다 이내 고개를 돌렸다.

은미와 성범이 친하다는 확신이 들지 않았기 때문이다.

이 또한 동창회가 성립되기 힘든 이유 중 하나인데, 잘못해서 껄끄러운 사람들끼리 얼굴 마주쳐서 좋을 일이 없었다.

그렇기 때문에 끼리끼리 친구들을 모아서 모임을 갖는 경우가 대부분이다.

"현우도 간다고 하네. 같이 가도 괜찮지?"

—그럼, 물론이지.

"그래, 알겠다. 동창회 끝나면 바로 전화할게."

이윽고 전화를 끊은 그를 바라보며 성범이 물었다.

"누구야?"

"그냥 아는 사람."

"그래?"

전화를 끊은 세 사람은 계속해서 술잔을 비워 나간다.

* * *

동창회가 끝나고 난 후, 강수는 현수와 희수를 데리고 은미가 일하는 가게 근처로 자리를 옮겼다.

그녀는 평소보다 다소 일찍 장사를 접었는데, 아마도 오랜만에 친구들을 만나 반가운 마음에 일이 손에 잡히지 않았던 모양이다.

강수는 가게 앞에 서 있는 은미에게 다가가 손을 흔들었다.

"어이, 나 왔다."

"왔구나? 이야, 셋이서 아주 제대로 먹은 모양이다? 표정이 다들 좋아 보여."

"제대로 먹긴, 이제 1차가 끝났는데."

"호호, 그렇지? 하여간 이 사고뭉치는 여전하네. 어려서부터 그렇게 술을 마시더니 지금도 그렇구나?"

"제 버릇 개 주냐? 사람이 다 그렇지, 뭐."

이제 합석한 네 사람은 원주에서 자취를 한다는 그녀를 따라 걷기 시작했다.

"오늘은 내가 쏠 테니까 믿고 따라와. 푸짐하지는 않아도 맛나게 쏠게."

"좋지."

그녀는 가게 뒤편으로 나 있는 골목을 따라서 약 10분가량을 걸어가더니 이내 아담한 2층 집 앞에 도착했다.

원주 시내에서 그리 멀지 않지만 인적이 드물어 그리 복잡할 것 같지는 않았다.

"우리 집이야. 오늘 집에서 곱창전골에 소주 한잔하려던 참이었거든. 어때? 괜찮아?"

"물론이지. 여기 곱창 싫어하는 사람은 없을 텐데?"

강수가 고개를 돌려보니 현우와 희수가 아주 눈을 초롱초롱 빛냈다.

"나 곱창 무진장 좋아해!"

"나도 곱창이라면 사족을 못 쓰지."

"후후, 그래, 다행이구나."

그녀는 세 사람을 데리고 집으로 들어가기 전에 슬쩍 눈치를 보았다.

"그런데 말이야, 나도 일행이 있어."

"일행?"

"그런 사람이 있어. 괜찮으려나?"

"뭐, 상관없어."

"그렇다면야……."

바로 그때였다.

드르르륵!

미닫이문이 열리면서 여섯 살쯤 되어 보이는 여자아이가 문을 열었다.

"엄마!"

"엄마?"

은미를 똑 닮은 여자아이. 그제야 강수는 그녀가 아이를 낳았다는 사실을 깨달았다.

아이는 누가 뭐라고 해도 은미의 아이라는 것을 반증하듯 커다란 눈망울을 반짝거리고 있다.

"저 아저씨랑 언니는 누구야?"

"응, 엄마 친구들이야. 인사해."

꼬마는 세 사람에게 다가와 90도로 꾸벅 고개를 숙였다.

"안녕하세요? 정설화, 여섯 살입니다."

"어머나! 안녕! 나는 희수 이모라고 해!"

"이모?"

"그래, 이모!"

아이를 좋아하는 희수에게 설화는 더없이 귀여운 보석과도 같을 것이다.

그녀는 아이를 안아 들었고, 네 사람은 그대로 은미의 집으로 들어갔다.

* * *

은미의 집에는 설화와 그녀가 찍은 사진이 가득했는데, 아이의 아버지는 보이지 않았다.

강수와 일행은 곱창전골에 소주를 마시면서 그녀의 사정에 대해 물었다.

"애기 아빠는?"

"…이혼했어. 내가 아이를 갖자마자 이혼했지."

"으음……."

"그때 받은 위자료로 가게 차리고 돈 벌어서 이 작은 집을 마련했어. 집을 사는 데 딱 6년 걸렸다."

그녀의 집은 약 15평에 복층으로 되어 있어 두 사람이 살기엔 안성맞춤이었다.

더군다나 옥상과 다락방까지 딸려 있어서 만약 손님이 들이닥친다고 해도 짐을 치우고 나면 잠을 잘 수 있을 정도였다.

아무리 원주에 있는 집값이 싸다곤 해도 이런 복층 건물을 사는데 고생이란 고생은 다 했을 것임은 당연했다.

"힘들었겠네."

"뭘……. 다만 설화가 아빠의 정을 모르고 자라서 마음이 아프지."

반사회적 인격 장애, 즉 사이코패스의 경우엔 아버지의 사랑을 받지 못하거나 어머니로부터의 비상식적인 학대를 받은 경우가 압도적으로 많다.

그만큼 양친의 사랑을 골고루 받으며 자라는 것이 얼마나 중요한지는 굳이 말을 하지 않아도 충분할 것이다.

강수는 잠에 빠져 있는 설화를 바라보며 물었다.

"재혼할 생각은 없어?"

"재혼이라……. 생각해 본 적 없어. 워낙 전 남편이 쓰레기였거든. 다시 짝을 찾는다고 해도 불안해서 같이 살 수 있을지 모르겠어."

"그렇구나."

마음의 상처는 쉽사리 없어지지 않는 법, 은미 역시 가슴속에 트라우마가 깊이 자리 잡은 모양이다.

희수가 불현듯 은미에게 다가가 손을 덥석 잡았다.

"언니, 이제부턴 제가 언니를 도와줄게요."

"으, 응?"

"집에 자주 와서 아이랑 놀아주기도 하고 밥도 해줄게요."

"가, 갑자기 무슨……."

"아이가 아버지 사랑을 못 받으면 내가 대신 채워주면 되죠. 그리고 이렇게 사지 멀쩡한 아저씨가 둘이나 있는데 무슨 걱정이에요?"

그녀 역시 아버지와 어머니를 일찍 여의고 오빠와 함께 살아왔다. 그 상실감에 대해서는 아주 잘 알고 있었다.

"그렇다면… 고맙지."

"그래요. 이제부터 내가 자주 올게요. 우리 오빠들도 그렇고요. 그렇지?"

"우리야 뭐……."

"고마워, 다들."

얼떨결에 수락하긴 했지만 강수도 설화라는 아이가 염려되던 참이다.

'그래, 인생이 별거 있냐. 사람답게 살면 되는 것이지.'

그는 그렇게 마음먹고 술 한 잔을 더 넘겼다.

* * *

그날 밤, 강수는 이 집에서 하루 묵기로 하고 현우와 함께 술을 마시고 있었다.

옥상으로 올라온 두 사람은 인생에 대해 논했다.

"인생 참 살다 보니 별일이 다 있네. 그 예쁘고 활발하던 치킨집 딸내미가 싱글 맘이 되었다니 말이야."

"그러게 말이다."

두 사람은 씁쓸하게 술잔을 넘겼다.

사람이 살다 보면 꼭 좋은 꼴만 보고 살기는 참으로 힘든 법, 두 사람은 친구의 비운을 바라보며 덩달아 기분이 씁쓸해졌다.

그런 두 사람에게 술병을 손에 든 은미가 다가왔다.

"어이, 거기 두 아저씨! 거기서 무슨 궁상이야?"

"왔냐?"

그녀는 두 사람 사이를 비집고 들어와 앉았다.

"나도 좀 끼자."

"그래, 앉아라."

이젠 세 사람이 된 그들은 단숨에 술을 들이켰다.

꿀꺽!

그리고 난 후엔 그녀가 두 사람에게 말했다.

"내 사는 꼴을 보여주기가 좀 힘들었지만, 나도 이젠 친구들 좀 만나고 싶어서 그랬어."

"잘했다. 이제부턴 우리가 자주 올게."

"그래주면 고맙고."

지금까지 고독했을 은미에게 두 사람이 해줄 수 있는 것은 건배뿐이다.

"나중엔 다 같이 놀러나 한번 가자. 내가 추진할게."

"그거 참 괜찮군."

"…고마워."

"고맙긴, 친구끼리."

동네 친구를 다시 만난 세 사람은 재회의 잔을 부딪쳤다.

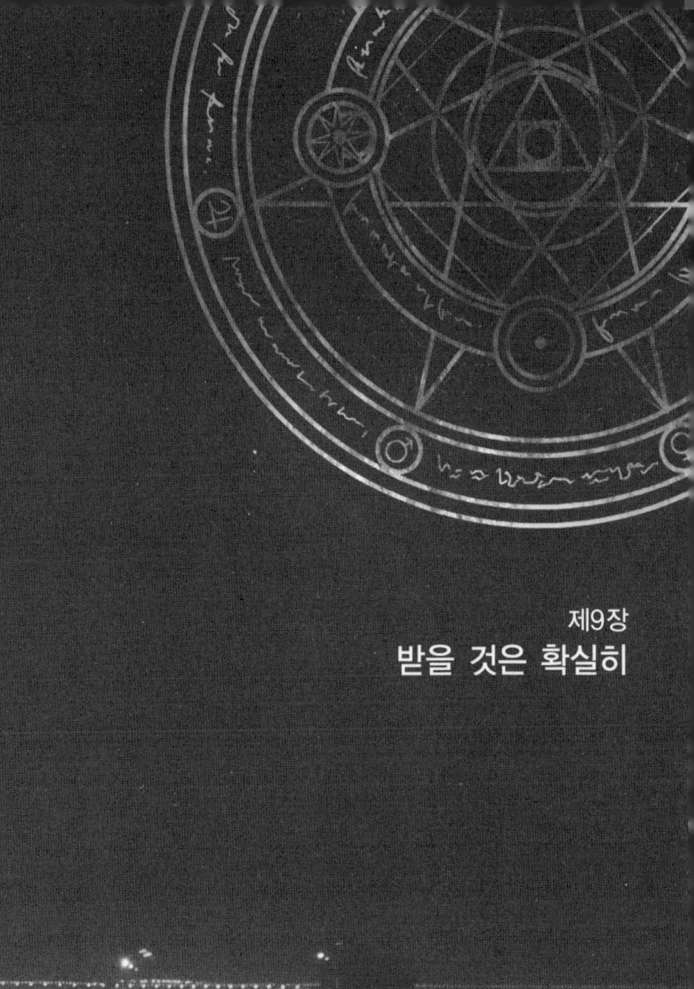

제9장
받을 것은 확실히

강산건설은 총 자산 1,000억 규모의 중견 기업으로, 지분의 40%는 비상장 주식으로 분산되어 있다.

그리고 남은 60% 중 절반은 사장인 강산이, 그리고 그 절반은 스폰서이자 뒷배인 양만철이 보유하고 있었다.

양만철은 자신이 보유한 지분에서 약 1%만 더 보유하게 되면 강산을 사장 자리에서 끌어내릴 수 있도록 회사를 개조해 두었던 것이다.

강수는 강산파 중역들이 가지고 있던 지분 5%와 강산이 가지고 있던 지분을 모두 인수하게 됨으로써 최대주주이자 대표이사로 취임할 수 있게 되었다.

물론 이것은 전부 비공식적인 일이었지만 이미 실질적으로 강수가 장악하고 있다고 해도 과언이 아니었다.

휘하에 있는 김명두를 이용하여 자신에게 반항하는 조직의 수뇌부를 모두 쳐내고 지분을 차명으로 인수했기 때문이다.

하지만 문제는 회사를 장악하는 것이 아니었다.

애초에 강산물산은 양만철의 비자금 운송과 재산 은닉 등에 사용되던 회사이기 때문에 그 실질적인 가용 범위는 기껏해봐야 택배 정도였다.

물산이라는 이름하에 귀속되어 있는 기타 대형 장비들과 차량 등은 양만철의 비자금이자 정치자금이었던 것이다.

1천억이나 투자해서 만든 회사이지만 어차피 비자금 조성을 위한 회사, 여차하면 폭탄 돌리기로 팔아먹으면 그만이다. 그런 상황에서 회사가 제대로 남아 있을 리가 만무했다.

그러나 이것은 바꿔 말하면 강수가 그 비자금을 꿀꺽할 수도 있다는 소리였다.

초도 투자금에 비해 지금의 투자금은 상당수 줄어든 상태였지만 여전히 꽤 많은 자산이 곳곳에 잠들어 있었다.

잘 만하면 그 모든 것이 강수의 것으로 돌아설 수도 있었다.

그에 앞서 이제 강수는 슬슬 사건을 본격화할 때가 되었다.

중국에서의 수목사업이 성공을 거두면서 그는 아주 날카로운 검을 한 자루 쥐게 되었던 것이다.

왕하오는 강수가 내건 약속을 제대로 이행하는 중이다.

강남의 한 요정. 국민당 당대표 김판수가 왕하오와 술자리를 가졌다.

김판수는 왕하오의 투자 계획에 대해 들어보곤 아주 흔쾌히 고개를 끄덕였다.

"…태백이라……. 부지만 옮기면 되는 겁니까?"

"그렇다고 볼 수 있지요."

"흠, 뭐 그게 그리 어려운 일은 아니지요."

왕하오는 강수가 말한 대로 비밀리에 부지를 옮기려 하고 있었다.

한국에 들어서는 카지노를 왜 굳이 남의 손을 빌려 짓는가 하면, 한국 법에는 내국인과 외국인이 함께 도박을 즐기는 본격적인 도박 시설을 건설할 수 없기 때문이다.

또한 금액에 제한이 높은 합법적 카지노를 짓기엔 법의 허들이 너무나 높았다.

때문에 그는 외국계 자본을 국채로 끌어들여 규제를 완화하고 이 카지노의 성격을 국제 투자로 돌려 버린 것이다.

그중에서도 김판수는 원래 정선과는 자매결연을 맺고 내몽골자치구의 자금을 유입시켜 카지노를 지으려 했다.

하지만 그 계획이 틀어졌다가 이번에 다시 그들이 투자금을 대어준다고 돌연 선언한 것이다.

지금의 상황이라면 왕하오가 김판수에게 춤을 추라고 시켜도 출 판이다.

그는 아주 반가운 얼굴로 술을 따랐다.

"부지만 옮기면 예정대로 카지노를 올릴 수 있는 것이지요?"

"물론입니다."

왕하오는 김판수에게 한 청년의 사진을 건넸다.

"이 청년을 아십니까?"

"누굽니까?"

"이번에 우리 고비사막 북부지역에 고비 식목 프로젝트를 진행하게 될 청년이지요."

가만히 사진을 들여다본 김판수는 그제야 무릎을 쳤다.

"아하, 이강수라는 청년 말씀이시군요?"

"네, 그렇습니다."

"안 그래도 소식은 들었습니다. 이강수라는 청년이 식목에 성공했다고 하더군요."

"그래서 저희와 정식으로 계약을 맺었지요."

"으음, 이것 참 희소식이군요. 양국 간의 관계가 껄끄러워지면 어쩌나 걱정했거든요."

김판수는 대수롭지 않게 얘기하고 있지만 지금 내몽골자치구에서 강수의 유명세는 엄청난 상태였다.

그렇기 때문인지 그를 바라보는 시각 자체가 전혀 달랐다.

"아무튼 이 청년에 대한 지원 역시 아끼지 말아주셨으면 합니다."

"물론이지요. 우리나라를 대표할 나무꾼 아닙니까? 제가 뒤를 잘 봐주겠습니다."

"부디 그래주시지요."

두 사람은 다시 잔을 부딪쳤다.

* * *

늦은 밤, 강수는 왕하오에게서 정책 변경에 대한 소식을 전해 들었다.

—당 대표와 협상을 보았으니 이젠 문제될 것이 없을 겁니다.

"감사합니다. 고생 많으셨습니다."

—고생은요. 별것 아닙니다.

이제 왕하오는 강수와의 계약을 모두 이행한 셈이다.

—더 이상 우리가 거래할 일은 없겠군요.

"별일 일어나지 않는다면 말이지요."

—하긴, 세상에는 별의별 일이 다 일어나니 말입니다.

이윽고 전화를 끊기 전 왕하오는 강수에게 한 가지 당부의 말을 남겼다.

—그 김판수라는 사람 말입니다.

"예."

—제가 뒤를 봐달라고 말을 해놓긴 했는데 영 찜찜하군요. 어쩐지 가까이하면 위험할 것 같아요.

"어째서요?"

—뭐, 이쯤 공직 생활을 해보면 사람 보는 눈이 생깁니다. 특히나 정치인은요. 제가 볼 때엔 그 사람, 물이 그다지 좋은 것 같지는 않더군요.

"으음, 그렇군요."

—행여나 가까이 지내자고 운을 떼도 그냥 모르는 척하십시오. 그게 좋을 것 같습니다.

"말씀 감사합니다."

—아니요. 접을 붙이도록 만든 제 잘못이지요.

강수가 보기에도 김판수는 그다지 가까이하고 싶은 사람은 아니었다.

김판수는 정치판에서 오래 굴러먹은 사람답게 아주 차갑고 냉철하기로 유명했기 때문이다.

—아무튼 나중에 술이나 한잔하시지요.

"좋습니다."

전화를 끊은 강수는 이제 슬슬 본격적으로 움직여 볼 생각이다.

* * *

정선 제2카지노 부지 선정이 수포로 돌아가고 난 후, 한국 북부지역에 지어질 카지노에 대한 관심이 점점 높아지고 있었다.

하지만 정작 이 카지노 부지 선정에 대해 정확히 아는 사람은 아무도 없었다.

이는 카지노의 부지 선정이 명확한 기준을 가지고 진행되지 않았기 때문에 일어난 일이었다.

오로지 김판수 한 사람에 의해 좌지우지되는 이번 카지노 부지 선정은 그가 마음만 바꾸면 곧장 결정될 수 있다는 뜻이기도 했다.

고로 지금 그는 정치판 이곳저곳을 쏘다니면서 자신의 뜻대로 부지를 선정하도록 하는 데 전력을 기울였다.

진보세력 최고의 권력자로 알려진 정희상 의원과 술자리를 가진 김판수는 카지노 부지 선정을 태백으로 돌려야 한다고 설득했다.

“한번 틀어졌던 계획을 다시 진행한다는 것이 껄끄럽긴 합니다만, 강원도 북부에 카지노를 세우는 것은 앞으로 우리나라의 조세에 아주 큰 도움이 될 겁니다.”

“으음…….”

“그런 의미에서 본다면 조금이라도 더 투명한 부지에 카지노를 세우는 편이 좋지 않겠습니까? 더 이상 일이 틀어지거나 잡음이 생기면 프로젝트가 백지화될 수도 있으니까요.”

“그래요. 백지화는 좀 곤란하지요.”

“그러니 카지노 부지를 옮겨야 한다는 겁니다.”

“하지만 그렇게 된다면 내부 세력이 반발을 일으키지 않겠습니까? 국민당 내부 강원도 출신 의원들이 지금 분열되었다면서요.”

“그거야 제가 알아서 처리할 수 있는 문제입니다. 문지방 안에서 일어나는 일은 안방에서 해결해야 맞지 않겠습니까?”

“뭐, 틀린 소리는 아니군요.”

정희상과 김판수는 각각 다른 세력을 구축하고 있는, 표면상 정적 관계이지만 사실은 그렇지가 않았다.

이 두 사람은 가끔 회동을 갖고 있으며, 그 회동에서 각자의 당을 움직여 정책을 결정하는 등의 합을 맞추고 있었다.

아마도 이 두 사람의 회동을 눈치챌 사람은 없겠지만, 만약 이 사실을 누군가 알아챈다면 기가 막힌다고 혀를 찰 것이다.

여야의 담합이라니, 일부러 국회의원들을 절반으로 갈라 놓은 것은 아니지만 이것은 엄연한 조작 행위나 마찬가지였다.

여권에서 진행하는 일에 야권이 정면으로 반박하여 문제점을 잡아내는 것, 이것이 바로 당의 세력이 갈라진 진정한 의미이다.

그 옛날, 처음 한국이 국회를 세우고 대통령을 선출했을 당시엔 국회의사당에서 주먹다짐이 일어나기 일쑤였다.

얼마나 싸움질을 해댔으면 국회에 똥물을 투척하는 사람이 있었을까?

그런 과도기를 거치고 나서 지금의 국회가 완성되었지만 나아진 것은 하나도 없었다.

그나마 다행인 것은 국회의원들끼리 정책을 알아서 정해 나라가 어지러워지는 꼴은 없다는 것이다.

자신들의 이득을 위해 정치싸움을 이용하고 있긴 하지만 이것으로 인하여 최소한 1당의 독주 체재는 이뤄질 수 없었던 것이다.

하지만 만약 여야의 두 거두가 손을 잡고 정책을 조정해 댄다면 문제는 심각해진다.

앞에선 으르렁거리며 싸우고 뒤에선 언론플레이로 벌어놓

은 시간 동안 서로 담합해서 이득이나 챙기고 있는 것이다.

차라리 평화적인 담합이라면 몰라도 이런 식의 정책 담합은 있을 수도, 있어서도 안 되는 일이었다.

그럼에도 불구하고 이 두 사람은 아무렇지도 않게 자신들의 의견을 교환하고 담합을 약속했다.

"좋습니다. 국민당 내부에서 집안 단속만 잘해주신다면 우리도 카지노 부지 선정에 대해선 모른 척하고 넘어가 드리지요."

"그쪽에서 반발을 일으키지는 않겠지요?"

"지금 의석이 모자라서 난리블루스를 추고 있는데 카지노가 문제겠습니까? 발등에 불이 떨어져서 상원노에 카시노가 생긴다고 해도 별 신경도 안 쓸 겁니다."

"그렇다면 다행이고요."

어쩌면 여야의 담합이 가져올 의미가 크게 작용할 수도 있겠지만 이들의 목적은 영리라는 것이 문제였다.

"그럼 일은 지금 정한 것과 같이 진행하면 될 일이고, 지분을 나누는 일은 어떻게 되는 겁니까?"

"뭐, 그거야 함께 진행해야 하지 않겠습니까? 서로 차명을 구하자면 시간이 걸릴 텐데, 그동안 함께 외국 계좌나 알아봅시다."

"그것도 나쁘지는 않겠군요."

이들은 카지노 부지를 사들인 후 차명 계좌를 이용해 차액을 수령하여 외국으로 빼돌릴 예정이다.

금융실명제가 실행되지 않는 국가로 자금을 빼돌려 놓으면 어지간해선 그 계좌를 추적할 수가 없다.

또한 차명으로 돈을 빼돌리고 난 후 계좌를 폐쇄시켜 버리면 추적이 더 어려워진다.

더군다나 길거리 노숙자에게서 100만 원 주고 산 명의를 추적한다고 덜미를 잡힐 리가 없다.

한마디로 이들의 합작 프로젝트는 걸릴 수가 없는 완전범죄였다.

김판수는 정희상에게 USB를 하나 건넸다.

"일단 이 사람들 명의로 작업을 시작합시다. 모자란 것은 차차 보충하기로 하고요."

"그럽시다."

이제 두 사람은 본격적으로 부지를 옮길 계획에 착수했다.

* * *

정책이 한번 틀어지고 나니 부동산업자들의 안테나도 아주 민감하게 돌아가기 시작했다.

부동산업계에 돌고 도는 찌라시 중에서 제대로 된 것은 떴

다방이나 알 박기 전문 업자들이 가장 먼저 달려든다.

그들의 정보력은 상당히 믿을 만한 정보원들에게서 비롯되는데, 그 정보원들은 오로지 돈에 의해서 움직인다.

양희진 역시 이런 부동산업계나 증권가 찌라시를 돌리는 정보원을 상당히 많이 거느리고 있었다.

하지만 그들은 양희진에게 절대복종을 맹세하거나 그 휘하에서 일을 해주는 사람이 아니었다.

모두 돈에 의해 움직이는, 순전히 이해관계로 비롯된 사이였다.

김명두는 그 정보원들 중에서 상당히 유명하고 입심이 센 사람과 안면이 있었다.

강산이 양만철의 휘하에서 일하던 시절, 김명두 역시 그에 관련된 사람들과 자주 얼굴을 맞댔다.

그러다 보니 정보원들과도 가끔 말을 섞거나 술을 마시는 경우가 있었다.

김명두는 그 정보원들 중 고등어라는 자와 밀회를 갖기로 했다.

밀양의 한 낚시터, 이곳은 강산이 그에게 정보를 사거나 의뢰를 전달할 때 사용하던 곳이다.

약 100평 남짓한 이 낚시터엔 물고기가 한 마리도 살고 있지 않지만 365일 낚싯대가 드리워져 있었다.

지이이잉.

잔잔한 저수지에 들어가 있는 낚싯대에는 감시카메라가 달려 있는데, 여차하면 상대방을 쓰러뜨리기 위한 가스총과 전기충격기도 함께 내장되어 있다.

만약 낚싯대를 던져놓았다가 위급 상황이 되면 낚시의 릴을 재빨리 당겨 전기충격기 등을 사용하면 된다.

김명두는 오늘도 역시 먼저 낚싯대를 잡고 있는 고등어와 마주했다.

"한 번도 늦는 법이 없군."

"이 바닥에서 스피드는 생명이오. 당연히 약속은 지켜야 지."

다 떨어진 벙거지에 허름한 외투를 걸친 고등어의 행색은 딱 낚시터에 앉아 세월을 낚는 빈털터리 강태공이었다.

고등어가 항상 약속 시간보다 먼저 나오는 것은 자신을 방어할 시간을 벌기 위함이었다.

조금이라도 먼저 나와 자리를 잡아놓으면 이런 방어 체계를 갖추어놓고 상대방을 감시하기 좋다.

그 때문에 고등어는 약속한 전날부터 이곳에 낚싯대를 드리워 놓고 대기했다.

아마 강산이나 김명두는 그가 하루 종일 이곳에 있었다는 사실은 까마득하게 모르고 있을 것이다.

"아무튼 용건이나 말하시오. 나도 꽤 바쁜 사람이외다."

김명두는 그에게 쪽지를 한 장 건넸다.

"이 사실을 양만철의 귀에 흘려주었으면 한다."

"양만철에게 직접 말이오?"

"그렇다."

이윽고 쪽지를 읽어본 고등어는 이내 고개를 가로저었다.

"…나더러 죽으라는 소리요?"

"어차피 찌라시가 다 그런 것 아니겠나? 절반은 맞고 절반은 틀린 것이 찌라시지."

그가 고등어에게 건넨 쪽지엔 카지노 부지가 다시 정선으로 바뀌었다는 정보였다.

하지만 이것은 찌라시를 만들어 뿌리는 고등어도 정확히 모르는 사실이다.

그러니까 지금 김명두가 건넨 것은 허위 사실이라는 소리다.

"허위 사실 유포로 걸리면 어떻게 되는지 아시오?"

"죽을 수도 있겠지."

"그걸 알면서 나에게 이런 부탁을 하는 것이오?"

김명두는 그에게 은색 수트케이스를 슬쩍 건넸다.

"맨입으로 하라는 소리는 안 했다."

"거참, 이렇게 위험한 일을 도대체……."

이윽고 수트케이스를 열어본 고등어는 흡족한 듯 웃었다.

"어허, 꽤 많이도 준비하셨군."

"네가 어지간해선 움직이기 싫어한다는 것을 익히 알고 있거든."

"후후, 하긴 우리가 어디 하루 이틀 봅니까?"

김명두는 수트케이스를 챙기는 고등어에게 물었다.

"잠수는 어디에서 탈 건가? 최소한 어디로 가는지는 알아야 할 게 아닌가?"

"으음, 일본? 일본이 가장 좋겠군요."

"알겠다."

그는 고등어에게 전화기를 하나 건넸다.

"이것으로 연락을 취하고 거래가 끝나면 곧바로 잔금을 치르도록 하지."

"알겠소."

생각보다 빨리 거래를 끝낸 두 사람은 일어서 각자 자신의 갈 길로 갔다.

*　　*　　*

강남의 한 요정.

단아한 자태의 여성들이 가야금을 튕기고 있다.

띠이잉, 띠리리리링!

곱디고운 여성들의 가야금 소리와 함께 요염한 표정의 무희들이 춤을 추기 시작한다.

그런 가운데 웃음기 가득한 여성들이 술상에 앉은 김판수에게 달라붙어 애교를 부렸다.

"의원님, 아앙!"

"하하, 그래!"

양쪽에 앉은 여성들이 술과 안주까지 먹여주니 그는 손을 쓸 필요가 없었다.

그 때문에 손이 심심해진 김판수는 여성들의 가슴과 중요 부위를 마구 더듬었다.

"어허, 좋구나!"

"아잉, 몰라요!"

"하하, 하하하!"

꽤나 걸걸하게 웃음 짓는 김판수. 그의 앞으로 요정의 지배인이 다가섰다.

그녀는 아주 나긋나긋한 귓속말로 그에게 용건을 전달했다.

"양 씨 일가의 규수께서 오셨습니다."

"양희진이?"

"예, 의원님."

김판수는 실소를 흘렸다.

"후후, 허영수가 떨어져 나가고 나니 기댈 데가 없던 모양이지?"

"어떻게 할까요?"

그는 대충 고개를 끄덕였다.

"들여보내."

"예, 알겠습니다."

잠시 후, 방문이 열리며 검은색 정장을 입은 양희진이 모습을 드러냈다.

"이곳에 계셨군요."

"으음, 자네 왔나?"

"연락을 받지 않으셔서 이곳으로 직접 왔습니다."

그는 심드렁한 표정으로 술을 들이켰다.

꿀꺽!

"크흐, 좋구나!"

"…저와 얘기 좀 하시죠."

한 손은 여성의 엉덩이, 다른 한 손으론 가슴을 쥔 그가 말했다.

"하게. 이곳에서 듣겠네."

"주위를 물려주시는 것이 좋을 것 같습니다만……."

"어허, 내 여흥을 깨려고 작정한 것인가? 왜 자꾸 이러는 건가?"

"중요하게 드릴 말씀이 있어서 그럽니다."

그는 어쩔 수 없이 주위를 물렸다.

"뭐, 그럼 어쩔 수 없지. 잠깐 나가들 있어라."

"네."

이윽고 김판수는 떨떠름한 어투로 그녀에게 물었다.

"자, 물렸네. 할 말이 뭔가?"

"정선 카지노 부지에 대해서 뭔가 따로 해주실 말이 있을 것 같아서 찾아왔습니다."

양만철과 김판수는 한때 서로에게 도움이 되는 악어와 악어새의 관계였다.

하지만 양만철과 김판수는 각각 자신의 단단한 기반을 다지게 되면서 서로 관계를 끊게 되었다.

그 과정에서 양만철은 김판수에게 허영수를 전령으로 선물했다.

허영수는 자신의 뜻대로 일을 벌이고 다닌 것으로 알고 있지만, 결국 그것도 김판수의 마수에서 놀아난 것이나 마찬가지였다.

양만철은 아주 가끔씩 김판수에게 손을 벌렸는데, 그때마다 김판수는 상상을 초월하는 돈을 뜯어냈다.

양희진은 그런 그에게 이번에도 꽤 묵직한 전대를 쥐어줄

작정이다.

그러나 이미 김판수는 이들에게서 마음을 접은 상태였다.

"해줄 말이라니, 새해 덕담이라도 해줘야 하나?"

"의원님, 자꾸 이러실 겁니까?"

"아니, 내가 뭘 어떻게 해줘야 할지 몰라서 그러는 것 아닌가?"

"……."

"혹시라도 카지노 건에 대한 것이라면 번지수 잘못 찾았네. 그 문제에 대해선 나도 이젠 손을 뗐어."

그녀는 더 이상 이 사람에게 뜯어낼 것이 없다고 판단한 모양이다.

"알겠습니다. 실례 많았습니다."

"살펴 가시게. 운전 조심하고."

"…감사합니다."

이내 모습을 감추어 버린 양희진에게로 시선을 고정시킨 김판수는 어딘가로 전화를 걸었다.

그리곤 미소 띤 얼굴로 말했다.

"나요, 김판수. 김 부장께선 잘 지내시나?"

—안녕하십니까? 덕분에 잘 지냅니다.

김판수에게서 전화를 받은 국정원 김석찬 부장은 아주 반가운 목소리로 안부에 답했다.

—늦었습니다만, 새해 복 많이 받으십시오.

"하하, 고마우이."

이윽고 그는 자신의 용건을 전달했다.

"요즘 내가 좀 신경 쓰이는 사람이 있어서 전화했네. 통화 괜찮나?"

—물론입니다. 그나저나 신경이 쓰이는 사람이라니요? 무슨 일 있으십니까?

"암암리에 나를 협박하려는 사람들이 있어서 말이야."

—저런, 말도 안 되는 일을……!

"그래서 말인데, 내가 자네의 힘을 좀 빌려야겠어."

—말씀만 하십시오.

"그게……."

그는 자신이 머릿속에 가지고 있던 생각을 간단하게 피력했다.

* * *

늦은 밤, 강남역 근처의 한 포장마차에서 양희진이 술을 마셨다.

어묵탕에 소주를 마시고 있는 그녀에게 전화가 한 통 걸려왔다.

[고등어]

그는 양희진이 가장 신뢰하는 정보원으로 그로 인하여 상당히 많은 이득을 챙겼다.

양희진은 아주 반갑게 전화를 받았다.

"나다. 알아보았나?"

—알아보긴 했는데, 정보가 좀 비쌀 것 같소. 괜찮겠소?

"물론이지!"

재빨리 술자리에서 일어선 그녀는 대충 술값을 치르곤 포장마차를 나섰다.

"지금 당장 만나지. 어디인가?"

—아니요. 만나는 것은 좀 어려울 것 같소. 워낙 위험한 정보라 그쪽은 물론이고 나까지 다칠 수도 있거든요. 어지간하면 사람을 만나는 일은 없었으면 하오.

"으음, 그럼 어떻게 거래한단 말인가?"

—서울역 물품보관함을 이용합시다. 내가 전달해 주는 번호로 대금을 넣어놓으면 다음 날에 같은 방법으로 정보를 전달하겠소. 어떻소?

"좋아, 그렇게 하지."

—그럼 오늘 새벽에 돈을 전달해 주시오. 내일 내가 정보를

제공하겠소.

"알겠다."

이윽고 전화를 끊은 그녀는 고등어가 지목한 장소로 이동했다.

그리곤 그가 문자로 통보한 보관함에 5억의 대금을 전액 현금으로 넣어두었다.

일반인은 평생 만져볼 수도 없을 만한 돈이지만 지금 그녀에겐 그런 것쯤은 눈에 들어오지도 않았다.

이제 남은 것은 자신이 원하는 정보를 얻는 것뿐이었다.

다음 날, 그녀는 고등어가 약속한 대로 정보를 제공했음을 알 수 있었다.

보관함에 들어 있는 것은 아주 작은 쪽지. 그 안에는 '정선 북부'라고 적혀 있었다.

그리고 글귀 반대편에는 아주 자세한 주소와 함께 부동산의 전화번호가 적혀 있었다.

"후후, 좋아."

그녀는 이내 정선 북부로 이동했다.

* * *

집플러스 대전 용전동 지사.

이곳으로 녹색 플랜카드를 든 남성들이 들어섰다.

그리곤 집플러스에서 지급한 직원용 목걸이를 찬 채 육성으로 사람들을 끌어 모았다.

"자, 잠시 후부터 저희 파랑새 여행사에서 준비한 경품 행사가 진행됩니다! 오늘 선착순으로 모이신 분들께 추첨으로 유럽 여행권과 말레이시아 여행권, 동남아 여행권을 선물로 드립니다! 그러니 한 분도 빠지지 말고 모이십시오! 추첨은 즉석 추첨, 한 시간 동안 추첨자가 뽑힐 때까지 추첨했다가 한 분도 당첨되지 않으면 발급한 번호표로 제비를 돌려 당첨자를 가리겠습니다! 잠시 후 일곱 시 정각부터 시작합니다! 어서 모이세요!"

동구와 대덕구를 아우르는 집플러스 용전동 지사에는 꽤 많은 사람이 저녁 장을 보기 위해 몰려든다.

일곱 시는 사람이 가장 많은 피크타임. 만약 경품 추첨을 한다고 소문이 퍼지면 사람들이 벌 떼처럼 몰려들 것이다.

녹색 플랜카드를 든 사람은 강수, 그는 자신의 앞으로 모여드는 사람들을 바라보며 다시 한 번 외쳤다.

"1분 남았습니다! 이제부터 오시는 분들께선 경품 추첨에 참가하지 못하십니다! 죄송합니다!"

자신이 원하는 만큼의 인원을 충당했는지 강수는 곧장 추첨을 시작했다.

"자, 지금부터 추첨을 시작합니다! 먼저 오신 순서대로 줄을 서시고 번호표를 받으십시오! 가장 낮은 번호표부터 추첨을 시작합니다! 추첨은 룰렛 방식입니다!"

강수는 약 200명의 사람들에게 번호표를 나누어 주고 룰렛 추첨을 시작했다.

"1번 고객님, 룰렛 돌리십시오!"

타라라라라라락!

원판은 총 25개의 칸으로 나누어져 있었는데, 그중에는 해외여행이 다수 포함되어 있었다.

무려 15개의 칸에 해외여행이 적혀 있는 것을 보면 작정하고 여행을 보내주려는 모양이다.

"1번 고객님, 베트남 여행에 당첨되셨습니다! 축하합니다!"

"와아아아아아!"

당첨된 사람은 대학생이다. 강수는 그에게 A4용지를 한 장 건네며 말했다.

"이것을 가지고 옆에 있는 저희 회사 직원에게 가서 간단한 설문조사에 응해주십시오. 그 이후 비행기 티켓 등을 제공해 드리겠습니다. 설문은 여행에 대한 결격 사유가 없는지 알아보는 것이니 걱정하실 필요 없습니다."

이내 부푼 가슴을 안고 테이블 옆으로 다가선 그는 우락부락한 덩치의 사내들과 마주했다.

비록 생긴 것은 험악했지만 그들은 상당히 친절하게 손님을 맞이했다.

"축하합니다. 결격 사유가 있는가에 대해 설문하는 겁니다. 사실대로 적어주십시오."

"네, 알겠습니다."

A4용지에 적힌 설문에 있는 그대로 체크한 그에게 직원들은 각종 부상을 건넸다.

"지금 당첨되신 항목에는 강원도 정선에 있는 광산마을 부지 열 평을 증여한다는 내용도 포함되어 있습니다. 등기부등본을 확인하시고 마음에 드시면 수령하십시오."

사내들이 보여준 것은 등기부등본이 나와 있는 인터넷 확인 창이었는데, 정확히 국가에서 운영하는 주소가 나와 있었다.

여행에 땅까지 준다는데 마다할 사람은 그 어디에도 없을 것이다.

"정말 저 주시는 건가요?"

"물론입니다. 대신 저희 회사 홍보를 위하여 모델로 하루만 활동해 주시면 됩니다. 또한 블로그를 운영하여 후기를 작성해 주셔야 합니다. 괜찮으시겠습니까?"

“당연하죠! 할게요!”

대학생은 흔쾌히 계약서에 서명했고, 사내들은 그 계약서를 잘 갈무리하여 품에 집어넣었다.

제10장

사람을 낚는 방법

정선 북부의 금광마을.

부동산공인중개사는 급작스럽게 자신을 찾아온 양희진을 바라보며 연신 고개를 갸웃거렸다.

"거참, 이상한 일이군. 도대체 몇 번째 이 땅을 두고 경쟁을 벌이는지 모르겠단 말이야."

"저희 말고도 다른 누군가가 이미 땅을 보러 왔었습니까?"

"처음에 이곳으로 온 청년은 한여름에 찾아왔지. 그 이후에도 비슷한 또래의 청년들이 찾아왔고."

"으음."

그녀는 이곳에 찾아온 사람이 자신들의 사업에 훼방을 놓던 이임을 알 수 있었다.

하지만 이제 그들은 강산에 의해 처리되었을 터이다.

“아무튼 이 땅은 이제 저희가 최종 매입하려 합니다. 땅주인을 소개시켜 주시지요.”

그는 고개를 끄덕였다.

“그래, 어려울 것 없지. 일단 가볼까?”

“예, 어르신.”

부동산공인중개사를 따라서 자리에서 일어선 양희진은 자신이 지도에 표시해 둔 구역으로 향했다.

금광마을 대부분에 걸쳐 형성되었던 폐광촌은 이미 공인중개사에게 넘겨진 상태였다.

만약 그가 사망한다면 다시 지주들에게 중개권이 회수될 터였다.

“쿨럭쿨럭!”

“괜찮으십니까?”

“…오늘내일하지. 그래도 땅을 마저 팔아줘야 내가 편히 눈감을 수 있을 것 같아 움직이지 않을 수가 없어.”

“고생이 많으십니다.”

“별말씀을…….”

노인은 이 땅이 어서 새로운 주인을 만나 빛을 보았으면 하는 바람에 노신을 이끌고 있는 것이다.

그는 첫 번째 부지를 그녀에게 보여주었다.

"이곳이 바로 자네가 말한 부지 중 가장 첫 번째 물건이군."

주머니에서 수첩을 꺼내 든 노인은 아주 꼼꼼하고 세세하게 땅에 대해 알아보기 시작했다.

요즘과 같은 디지털 시대에 아날로그를 사용한다는 것은 손해라고 말하지만, 노인에겐 스마트보다 훨씬 더 정확하고 빠른 것이 바로 아날로그 방식이었다.

"보자. 등기에 총 두 명의 소유자가 있다고 나와 있군."

"모두 연락이 됩니까?"

"한 명은 우리 옆집에 살던 박씨인데, 아마도 죽었을 거야. 나이가 워낙 많았거든."

"그게 무슨 말씀이십니까? 아마도라니요?"

"땅을 맡긴 지가 꽤 되었거든. 광업이 추락하면서부터 땅을 맡겼으니까 몇십 년은 족히 되었을걸."

"그, 그렇군요."

"하지만 걱정하지 말게. 그 자식들과는 아직도 연락이 되니까."

공인중개사 노인은 박씨의 자손들에게 전화를 걸었다.

"그래, 금광마을 부동산일세. 부모님 생존에 계신가? 아아,

그래…….”

전화기 너머로 들리는 소리를 찬찬히 듣고 있자니 아마도 박씨는 세상을 떠난 모양이다.

하지만 다행히도 그 자식들이 살아 있으니 땅을 구매하는 데엔 문제가 없을 것으로 보였다.

“장남이 땅을 다 물려받아서 관리하고 있다고 하는군. 사실 이 땅은 그렇게 값나가는 물건이 아니라서 있다는 것조차 잊고 있었다는군.”

“불행 중 다행이군요.”

이번엔 그는 나머지 소유권자에 대해 물었다.

“보자. 또 한 명은 처음 보는 사람이군. 대진? 소유권자의 주소가 대전으로 되어 있어.”

“대전이요?”

“소유한 땅이 그렇게 크지는 않은데 만약 이곳에 뭘 지을 생각이라면 꼭 찾아서 계약해야 할 것 같네.”

그가 보여준 등기에 나와 있는 위치에 의하면 약 열 평의 땅이 정확하게 해당 구역의 정중앙에 위치해 있었다.

이것은 누가 보아도 아주 조금씩 일부러 땅을 사두었다고밖에 설명할 길이 없었다.

“그 사람에 대한 신상명세를 알려주실 수 있겠습니까? 땅을 구매해야 할 것 같아서요.”

하지만 그는 고개를 가로저었다.

"난 등기권자에 대해 함부로 발설할 수 있는 위치가 아닐세. 잘 알지 않는가?"

"흠……."

"아무튼 다음 부지로 이동하지. 무슨 목적으로 땅을 매입하려는 것인지는 몰라도 다른 부지부터 보는 것이 좋겠어."

"예, 알겠습니다."

우선 그녀는 다른 땅부터 매입하고 나머지 구역에 대해선 따로 처리하기로 했다.

*　　*　　*

차례대로 서른 군데나 땅을 둘러본 그녀는 각 구역마다 열 평 남짓한 땅을 누군가 산발적으로 사서 명의를 나누었다는 것을 알 수 있었다.

이것은 고의로 누군가 땅을 매입해서 딱 열 평만 남기고 팔았거나 그 정도만 구매했다고밖에 설명할 수 없었다.

한마디로 그녀는 지금 누군가에게 알 박기를 당하고 있다는 소리였다.

"도대체 누가……."

강산은 실종되었고 김명두는 연락이 두절된 상태다. 다른 수뇌부들 역시 김명두에게 정리되었다고 보고되었지만 정확한 것은 알 수가 없었다.

한마디로 지금 강산파는 그야말로 유명무실한 상태가 되었다는 소리다.

그렇다면 남은 가설은 하나, 강산이 골머리를 앓았다는 그 방해자의 소행으로밖에 볼 수 없었다.

그러나 만약 그것이 맞는다면 누군가 먼저 냄새를 맡았다는 소리인데, 그렇다면 정보가 다른 사람에게도 풀렸다는 소리와 마찬가지였다.

"…일이 복잡해지는군."

이곳에 테마파크를 건설하여 땅 투기 의혹에서 벗어나려고 하던 그녀로선 난감하기 이를 데 없는 일이었다.

그때 그녀와 함께 평산마을을 찾은 비서실 직원들은 명령을 하달받았다.

"지금부터 이곳 부지에 알 박기를 한 사람들을 찾아서 움직인다."

"예, 알겠습니다."

"사람을 찾아서 신속하게 구매를 유도하되 최대한 잡음이 없도록 처리해라. 만약 말을 듣지 않는다면 완력을 사용해도 좋다만, 어지간하면 말로 처리할 수 있도록."

"예."

그리고 그녀는 김예성에게 전화를 걸었다.

—나다.

“일은 처리했나?”

—아직 찾는 중이다. 놈들이 워낙 입이 무거워서 말이지.

“미친놈들, 무서운 것이 없어진 모양이군.”

—아니, 어쩌면 생각보다 훨씬 더 무서운 놈이 나타난 것인지도 모르지.

“생각보다 더 무서운 놈?”

—양철파는 한 놈에게 완파당했다. 그 이후엔 비상식적일 정도로 많은 인력이 동원되어 강산파를 정리해 버렸지. 그렇다는 것은 나보다 더 뛰어난 해결사가 조직을 이끌고 강산파를 처단했다는 소리가 된다.

“그게 가능한 일인가? 아예 일면식도 없는 놈들이 강산파와 같은 대형 조직을 한 번에 해치웠다는 것이 말이야.”

—안 될 것은 또 뭔가? 강산파도 처음부터 대형 조직이었던 것은 아니지 않나?

“뭐, 그렇긴 하지만…….”

—아무튼 만약 내 가설이 맞는다면 놈들의 뒤엔 든든한 뒷배가 있음이 틀림없다.

“…자꾸 일이 꼬이는군.”

그녀는 양쪽 미간에 복잡한 심경을 그대로 드러냈다.

"일단 계속해서 추격하도록. 보수는 톡톡히 챙겨주겠다."

—그래, 알겠다.

이제 그녀는 다시 서울로 향했다.

*　*　*

강산건설 최고 주주는 현재 임형식으로 강수가 차명으로 등록한 명의권자다.

그의 신상은 대전역 대합실에서 10만 원을 주고 구입한 것으로, 그는 자신이 강산건설의 최대주주인지도 모른다.

그 나머지 주식은 강산파 중역들에게 골고루 나누어져 있고, 대부분은 강산과 함께 처리되었다.

이제 남은 것은 북동그룹 회장 양만철의 주식인데, 이것은 비공식적으로 나누어져 총 20명에게 배분되었다.

명의만 다르지 양만철이 실소유주이기에 이것을 회수하려면 꽤나 시간이 걸릴 것이다.

하지만 그 규모가 생각보다 크고 이 밖에 비자금까지 회수하려면 이 사람들을 꼭 찾아내야 했다.

강수는 실소유자들을 찾아다니며 지분을 매집하기 시작했다.

그 첫 번째 소유자는 강남에서 룸살롱을 운영하는 장선경이라는 여자였다.

그녀는 원래 양만철이 정부로 들인 여자로, 아이를 낳지 못해 쫓겨났다는 소문이 돌았다.

하지만 워낙 내연관계가 오래되어 반부부로 살아왔다는 것이 정설이다.

아마도 두 사람은 관계는 별로 좋지는 않을 테지만 이해관계가 워낙 복잡하게 얽혀 있었다.

그래서 지금도 가끔 연락을 주고받으며 살아가고 있었다.

그녀가 운영하는 룸살롱 VIP룸에 강수와 김명두가 찾아왔다.

마흔이 훌쩍 넘은 그녀이지만 여전히 매혹적인 분위기와 탄탄한 몸매를 소유하고 있었다.

뇌쇄적인 포즈로 다리를 꼬고 앉은 그녀가 담배 연기를 내뿜으며 말했다.

"후우, 그러니까 내가 주식을 넘기면 그에 해당하는 돈을 지급해 주겠다?"

"꽤 짭짤하게 챙겨 드리겠습니다. 이참에 유럽에 가서 푹 쉬다 오시는 것이 어떻겠습니까?"

"만약 내가 싫다면?"

"이건 가정입니다만, 아마도 한 푼도 받을 수 없게 되겠지요. 우리가 회수할 수 없다면 뒤에서 지분을 회수하는 공작을 펼친다고 정보를 살짝 흘릴 것이거든요. 아마 그렇게 되면 한 푼도 받지 못하고 지분을 빼앗기게 되겠지요."

"으음……."

"어차피 이렇게 된 김에 한탕 제대로 하고 외국으로 뜨는 편이 낫지 않겠습니까?"

이윽고 강수는 어딘가로 전화를 걸었다.

"들어와라."

그리곤 이내 룸살롱 문을 열고 들어선 한 사내가 꾸벅 고개를 숙였다.

"수행비서로 쓰십시오. 한동안 그곳에 살면서 사장님을 보필하게 될 겁니다."

"이 남자는……."

"저희 소식원입니다. 입이 무겁고 수먹을 꽤 씁니다. 육체적으로도 아주 최적의 상태라고 할 수 있지요."

탄탄해 보이는 그의 몸은 그녀의 넋을 빼버렸고, 남자답고 날카로운 외모는 이성뿐 아니라 동성도 한 번쯤은 시선이 갈 정도로 수려했다.

"어떻습니까? 마음에 드십니까?"

"…뭐, 정 그렇다면 어쩔 수 없지. 이번 기회에 유럽 여행이나 한번 다녀올까?"

"잘 선택하신 겁니다. 쓸데없는 의리나 지키자고 손해를 볼 수는 없는 노릇 아닙니까?"

"그건 그렇지."

남자로 받은 상처는 남자로 치유하는 법. 강수는 양철파에 남아 있다가 강산파로 귀속된 조직원 중 가장 외모가 출중한 조직원을 선별하여 그녀에게 붙여주기로 했다.

처음엔 그녀가 마음에 들어 할까 의문이었지만, 그녀 역시 보는 눈이 있는 여자였다.

잘생긴 연하남과의 세계 여행이 썩 나쁘지 않다고 생각한 듯했다.

"잘 부탁합니다, 사장님."

"사장님이라니. 누나라고 불러."

"예, 누님."

강수는 꽤 훈훈한 투 샷을 바라보며 흐뭇하게 웃었다.

* * *

가장 많은 지분을 보유한 양만철의 내연녀 장선경에게서 소유권 이전을 받은 강수는 곧장 세 번째 최대주주를 찾아간다.

양만철의 비자금을 관리하던 심형파의 보스 심형수는 현재 진주에서 나이트클럽을 운영하고 있었다.

해당 나이트클럽은 진주에서 가장 큰 규모로 운영되고 있으며, 연매출이 300억에 달했다.

쿵쾅, 쿵쾅!

강수는 시끄러운 비트 소리가 들려오는 나이트클럽 앞에 섰다.

"어서 오십시오! 찾으시는 웨이터 있으십니까?"

"이곳의 사장을 찾아왔다. 안에 있나?"

"누구십니까?"

"서울 강산파에서 왔다고 하면 알 거다."

"잠시만 기다리십시오."

나이트클럽의 기도(문지기)는 무선기로 누군가를 급하게 찾았다.

"형님, 형님입니다. 손님이 오신 것 같은데요."

—손님?

"일단 좀 나와 보셔야 할 것 같습니다."

—알겠다.

잠시 후, 약 20명의 청년이 지하에서부터 황급히 달려 나왔다.

그리곤 자신들을 찾아온 강수에게 다가섰다.

그중에서도 정중앙에 선 남자가 유독 눈에 들어왔다. 아마도 그가 심형수이거나 그의 오른팔일 가능성이 높았다.

"어이, 강산파에서 나왔다고?"

"그렇다. 심형수를 찾아왔다. 만날 수 있나?"

"사람을 찾아왔으면 용건부터 말해야지, 이렇게 정문에서 사람 이름을 들먹이는 것은 예의가 아닐 텐데?"

"뭐, 그렇다면 사과하지. 아무튼 심형수를 만날 수 있게 해 다오."

"내가 심형수다. 용건을 말하려면 지금 이곳에서 해라."

강수는 이 사내가 심형수 본인이 아니라는 사실을 어렵지 않게 알 수 있었다.

진짜 심형수라면 강수에 대해서 당장 알아보고 신원을 확인하는 즉시 조용한 곳으로 데리고 갔어야 정상이다.

아마도 그는 강수를 면전에서 내쫓으려는 생각이 분명했다.

"시끄럽게 굴 생각 없다. 어서 심형수를 데리고 와라."

"거참, 말귀 한번 더럽게 어둡군. 내가 심형수라고 하지 않았나?"

"아하, 잠수를 타고 있는 모양이군. 하긴, 위에서 오더가 그렇게 내려왔겠지."

"무슨 개소리를 하는 것인지는 몰라도……."

이윽고 강수는 어디론가 전화를 걸었다.

"아무래도 안 되겠다. 들어와라."

—예, 형님.

그가 전화를 걸자마자 주변에서 대기 중이던 강산파 잔당 50명과 오크 100마리가 모습을 드러냈다.

이제 특유의 소리를 감출 수 있도록 훈련이 된 오크들은 아주 덩치가 큰 사람으로 보였다.

강수는 무려 150명이나 되는 인력을 뒤에 두고 그들에게 물었다.

"오늘 나이트클럽 문 한번 닫아볼래, 아니면 심형수 데리고 올래?"

"이 새끼가 지금 무슨 개소리를 하는지 모르겠군. 내가 심형수라고 도대체 몇 번을 말해야 알아듣니?"

김명두의 부하들은 강수의 말대로 도저히 방법이 없다고 느낀 모양이다.

"형님, 그냥 묻죠. 삽은 남해가 잘 들어갑니다."

"그래, 그래야 할 것 같군."

이윽고 강수가 오크들을 이끌고 나이트클럽을 향해 달려갔다.

"쳐라!"

"예!"

엄청난 기세로 달려드는 오크들, 일반적인 피지컬의 남자들은 그들을 감당할 수가 없다.

퍼억!

"크허억!"

단 일격에 이가 모두 부러져 바닥을 나뒹구는 사내들. 심형파 조직원들은 경악을 금치 못했다.

"이, 이런 미친……?!"

"제기랄! 밀어버려!"

"와아아아아!"

전면전이 일어나도 어쩔 수 없는 일, 경찰이 오기 전까지 시간을 벌어볼 수밖에 없는 심형파 조직원들이다.

*　　*　　*

심형파 조직원들은 강수와 오크들에 의해 완전히 제압되어 모두 승합차에 실렸다.

그리곤 포박을 당한 상태로 남해 인근에 위치한 한적한 산지로 옮겨졌다.

퍽퍽퍽퍽!

"아이고, 허리야! 이젠 삽질도 힘드네!"

"형님도 이젠 나이를 드시나 봅니다."

"큭큭, 그러게 말이다."

김명두의 부하들은 오크들이 파놓은 구덩이에 심형파 조

직원들을 한꺼번에 몰아넣고 삽질을 하기 시작했다.

그들은 공포에 떨며 소리쳤다.

"씨발! 살려줘! 아니, 형님! 아니, 사장님! 선생님! 삼촌! 회장님! 제발 살려주세요!"

"이 새끼, 아주 정신이 나갔는데?"

"큭큭큭!"

강수는 그런 그들이 가장 잘 보이는 곳에 심형수의 오른팔 임성환을 땅속에 머리만 내놓고 묻었다.

"난 이제 지쳤어요, 땡벌~"

"땡벌~"

"기다리다 지쳤어요~ 땡벌~"

"땡벌~"

강수는 조직원들의 코러스를 들으며 아주 흥겹게 노래를 부르다 그의 앞에 쪼그려 앉았다.

그리곤 깡통에 담긴 달짝지근한 꿀을 머리에 부었다.

졸졸졸.

"어, 어어어!"

"요즘 양봉이 대세라면서? 꿀벌의 가치가 얼마라더라? 연간 몇조 원에서 몇십 조는 된다고 하더군."

공포에 떠는 그에게 강수는 말했다.

"여기에 대가리 내놓고 한 며칠 있으면 꿀벌들이 환장하고 달려들겠지? 그중에는 개미도 있고 벌레들도 있으니 아주 싸움이 벌어지고 난리도 아닐 거야. 그렇지?"

"……."

"어때? 한 삼 일 푹 쉬면서 꿀벌들이랑 놀고 동생들 묻히는 것도 보면 좋겠지? 그치?"

"…원하는 것이 뭐냐?"

강수는 그의 머리를 깡통으로 후려쳤다.

퍼억!

"컥!"

"형님을 봤으면 존칭을 써야지, 이 새끼야."

"…원하는 것이 뭡니까?"

목숨이 아까운 것은 둘째 치더라도 멀쩡하게 죽기 힘들 테니 공포에 떠는 것은 당연했다.

강수는 단도직입적으로 그에게 물었다.

"심형수 어디 있어? 비밀 장부는 어디에 있고?"

"…두 가지만 말하면 살려줄 건가?"

"물론."

"후우, 좋다. 알려주겠다."

"진즉 그럴 것이지."

그는 강수에게 자신이 아는 모든 것을 털어놓기 시작했다.

*   *   *

양평에 위치한 작은 별장.

이곳에 심형수가 몸을 숨기고 있었다.

하지만 그의 칩거는 채 1년도 지나지 않아 김명두에게 발각되고 말았다.

퍼억!

"크헉!"

김명두에게 원 없이 얻어터지고 나서 지하실에 거꾸로 매달린 그는 연신 비명을 질러댔다.

"이런 씨발! 도내체 나에게 왜 이러는 거냐!"

"몰라서 묻나? 회사의 지분을 넘기라고 이러는 것 아니냐."

"젠장! 나는 그런 것 모른다고 몇 번이나 말하나?"

"이 새끼 이거 아주 몹쓸 놈이군."

그는 강산파 조직원들에게 아주 거대한 강철 구조물을 가져오도록 지시했다.

"설치해."

"예, 형님."

이 구조물은 뾰족한 못의 형태로 겉면에는 기름이 칠해져 있었다.

김명두는 거꾸로 매단 그를 다시 정 방향으로 돌리고 거대한 못에 그를 올려놓았다.

"자, 여기서 미끄러지면 너는 그대로 후장이 뚫려 죽는다."

"이, 이런 미친 새끼!"

"시작하자."

"예, 형님."

끼릭, 끼릭!

그를 매달았던 밧줄이 점점 아래로 내려갔고, 그는 기름이 묻은 못을 발로 비비며 몸을 이리저리 비틀었다.

"어, 어어어억!"

항문을 압박하는 못의 뾰족한 촉감 때문에 그는 아연실색했다.

"씨발, 씨발!"

그런 그를 바라보며 김명두가 조직원들에게 말했다.

"저렇게 한두 시간 내버려 두면 알아서 정신을 차리겠지. 밥이나 먹고 오자."

"예, 형님."

"이 근방에 짜장면 잘하는 집 있나?"

"탕수육에 군만두까지 서비스로 준답니다. 제가 오기 전에 다 알아보고 왔습니다."

"그래, 잘했다. 오늘은 짜장면에 탕수육이나 먹자."

"예, 알겠습니다."

김명두는 못에 항문이 찔려 고통스러워하는 심형수를 두고 지하실을 나섰다.

약 두 시간 후, 심형수는 고약한 냄새를 풍겨대며 연신 똑같은 소리만 외치고 있다.

"사, 살려줘! 제발 살려줘!"

"이제야 정신이 좀 드나?"

"회사 지분이고 나발이고 다 줄 테니까 제발 살려줘!"

"후후, 진즉 그랬어야지."

김명두는 뾰족한 초대형 못에서 그를 땅에 내려놓았다.

"허억, 허억!"

"한 며칠은 화장실 가기 힘들 거다. 그래도 살아 있다는 것을 감사히 여기라고."

"……."

"어이, 각서 가지고 와."

"예, 형님."

그는 신체포기각서와 함께 지분을 넘기겠다는 내용이 들어 있는 이전등록신청서를 가지고 오도록 지시했다.

김명두는 심형수에게 인감도장의 위치를 물었다.

"인감은 어디 있어?"

"…차 안에 있다. 차 안 가시방에 인감도장과 인감증명 들어 있어."

"그렇군."

이윽고 인감과 인감증명을 대조하여 확인한 조직원들이 인감도장을 가지고 왔다.

김명두는 심형수의 손에 인감도장을 쥐어주며 말했다.

"찍어."

"…알겠다."

심형수는 회사 주식 이전등록신청서에 도장을 찍었고, 이제 주식은 강수에게 이전될 것이다.

서류에 도장을 찍은 그에게 김명두가 핸드폰으로 촬영한 동영상을 하나 보여주며 물었다.

"이런 장부가 있다는 것을 알아냈다. 이게 네가 관리하던 비밀 장부가 맞나?"

"어, 어떻게 이런 물건을……."

"네가 여기서 죽을 고비를 넘겼는데 조직원들이라고 무사할 것 같나?"

"…제기랄!"

"맞나?"

그는 순순히 고개를 끄덕였다.

"맞다."

"그렇군."

김명두는 그에게 두둑한 돈 봉투와 통장, 그리고 비행기 티켓을 건넸다.

"이것을 가지고 떠나라. 그곳에서 항문 수술 받고 요양이나 푹 하다 와."

"……."

"가자!"

김명두는 자신의 볼일이 모두 끝났음에 이내 자리를 떴다.

*　　*　　*

강남역 앞에 위치한 포장마차.

양희신이 혼자서 술을 마시고 있다.

"꿀꺽! 크흐……."

제법 칼칼한 국물과 함께 소주를 넘기고 있던 그녀의 앞으로 한 청년이 다가왔다.

"실장님, 이곳에 계셨군요."

"무슨 일인가?"

"명의자들을 찾았습니다."

"그래? 지금 어디에 있다고 하던가?"

"아무래도 한국에는 없는 것 같습니다. 대부분 유럽 등지를 여행하느라 연락이 잘 닿지 않는답니다.”

양희진은 포장마차의 테이블을 주먹으로 내려쳤다.

콰앙!

“이런 빌어먹을 새끼들! 감히 장난을 쳐?!”

그녀에게 보고하던 사내는 주머니에 갈무리하고 있던 팸플릿을 하나 꺼내어 보여주었다.

“이것 좀 보십시오. 아마도 누군가 작정하고 땅을 뿌린 것 같습니다.”

“땅을 뿌려?”

“여행을 보내준다는 광고와 함께 정선 금광마을 부지를 소량씩 나누어준 것으로 보입니다.”

서울과 대전, 부산, 광주, 울산 등 광역시와 대도시를 모조리 돌면서 행사를 한 그들은 한 사람에게 1~10평가량의 땅을 나누어 주었다.

그것을 광고하기 위해 찍어낸 팸플릿에는 회사의 상호가 나와 있었다.

“이 회사에 대해선 알아보았나?”

“알아보니 유령회사였습니다. 사업자등록과 상호등록도 모두 노숙자 명의로 한 바퀴 돌린 것 같습니다.”

“…개새끼들.”

“어떻게 하면 좋겠습니까? 계속해서 이 사람들을 따라다녔다간 시간만 허비할 것 같습니다."

"일이 복잡하게 꼬였군. 뒷배에 누가 있는지 알아낸 바는 없나?"

"죄송합니다만 그것까진……."

양희진은 이번 일에 아주 용의주도한 놈이 끼어들었고, 그 마수에 자신이 제대로 걸려들었다는 것을 알 수 있었다.

"그 많은 사람 중에서 연락이 되는 사람이 하나도 없나?"

"딱 한 사람이 있긴 합니다."

"누군가?"

"제주도에서 어업을 하는 사람인데, 지금 그를 만나러 사람이 내려갔습니다."

"후우, 그나마 다행이군."

"이렇게 애써서라도 부지를 매입해 놓으면 다행 아니겠습니까?"

"그렇긴 하지."

잠시 후, 그녀에게 보고하던 사내의 핸드폰이 울렸다.

지이잉.

"받게."

"예, 실장님."

이윽고 전화를 받은 사내는 잔뜩 일그러진 표정으로 전화를 끊었다.

"…이런 개자식들!"

"무슨 일인가?"

"놈들이 순순히 땅을 내어놓지 않겠답니다. 한 평에 2억, 20억을 요구합니다."

"20억?!"

열 평짜리 못 쓰는 땅을 20억에 팔아먹을 생각을 하다니, 그야말로 간이 배 밖으로 나온 놈이라고밖에 설명할 길이 없었다.

"젠장……."

"어떻게 할까요?"

그녀는 어쩔 수 없이 고개를 끄덕였다.

"줘."

"하, 하지만……."

"모두가 작정하고 알 박기를 한 것은 아닐 것이다. 골치 아픈 놈들은 돈으로 달래는 수밖에."

"후우, 알겠습니다. 그렇게 하겠습니다."

양희진은 분노에 찬 표정으로 술을 넘겼다.

꿀꺽!

"개자식! 언젠가 반드시 복수할 테다!"

그녀의 눈동자에 복수를 다짐하는 서리가 내렸다.

제11장

마무리를 짓다

인천 연안 부두에 위치한 야적창고.

이곳에 50대의 컨테이너용 기중기와 수출용 컨테이너 300개가 쌓여 있다.

이 물량은 강산건설 재산으로 사들였다가 은행 담보로 채권 설정이 되어 있는 상태였다.

그리고 그 채권은 제3자 명의로 구매되어 있었는데, 그 명의자는 실종자로서 일반적인 방법으론 찾을 길이 없었다.

한마디로 강수가 지금 당장 이 건설기기들과 컨테이너들에 대한 소유권을 주장한다고 해도 문제될 것이 전혀 없다는 소리다.

그는 대형 트레일러에 컨테이너를 모두 선적하고 그것을 강산물산 본사가 있는 충북 청주로 이동시킬 예정이다.

위이이이이잉!

"서둘러라!"

"예, 형님!"

컨테이너 야적에 필요한 중장비는 모두 강산물산 소속으로 되어 있기 때문에 물류비는 전혀 걱정할 필요가 없다.

야적창고 관리인은 다짜고짜 회사의 소유권 등기를 가지고 와서 컨테이너를 빼간다는 김명두 때문에 이러지도 저러지도 못하고 있었다.

"도대체 왜 이러십니까? 이러다 강 사장이나 회장님께서 아신다면……."

"그래서 뭘 어쩌라는 거냐?"

"그, 그러니까……."

"대표이사는 바뀌었고 우리는 그 소유권을 주장하는 것뿐이다. 무슨 불만이라도 있나?"

"아, 아니요. 그런 것이 아니라……."

김명두는 그에게 손을 내밀었다.

"전화."

"예, 예?"

"양 회장과 직통으로 연결되는 전화가 있을 것 아닌가?"

"그, 그건……."

"오래 살고 싶으면 시키는 대로 하는 것이 좋을 거다."

자신이 따르는 윗선이 시키는 일에 대해선 아주 철두철미한 김명두를 막아섰다간 어떻게 되는지 관리인도 잘 알고 있을 터이다.

그는 주머니에서 핸드폰을 꺼내어 내밀었다.

"여, 여기……."

"하나 더."

"무, 무슨……?"

"핸드폰 하나만 가지고 양 회장의 지시를 기다리는 것은 아니겠지. 그렇지 않은가?"

김명두는 강산의 밑에서 오래도록 일해 왔지만 그와 동시에 양만철과도 꽤나 오랜 시간 함께 일했다.

그렇기 때문에 그의 철두철미한 성격과 습성을 너무나도 잘 알고 있었다.

관리인은 주머니에 있는 핸드폰을 전부 다 꺼내어 그에게 전달했다.

"여, 여기 있습니다."

"그래, 진즉 그렇게 나와야지."

핸드폰을 모두 확인해 본 김명두는 총 세 개의 핸드폰 중에서 두 대는 부숴 버리고 한 대는 자신이 가졌다.

빠각!

이젠 관리인이 양만철에게 직접 연락하지 않는 한 당분간 컨테이너가 없어졌다는 사실은 발각되지 않을 터였다.

김명두는 관리인의 입가를 손으로 모아 잡았다.

텁!

"우, 우웁……."

"아무쪼록 입단속 잘하는 것이 좋을 거다."

"아, 알겠습니다."

"만에 하나라도 일이 잘못된다면 이 사람들이 무사하지 못할 줄 알아."

그가 관리인의 사무실에 있는 가족사진을 가리키며 말하자 그는 잽싸게 고개를 끄덕였다.

"여부가 있겠습니까! 물론 입을 닫아야지요!"

"그래, 그래야지."

양만철의 재산 은닉에 도움이 되는 사람이라면 당연히 쳐내야 맞지만 지금은 상황이 좋지가 않았다.

김명두는 자신이 챙길 물건만 모두 챙겨 야적창고를 나섰다.

*　　*　　*

같은 시각, 강수는 약 100대의 1톤 트럭과 50대의 5톤 트럭이 보관되어 있는 부산 밀산파 창고를 습격했다.

엔트 껍질 보호 장구에 망치로 무장한 100마리의 오크를 이용하여 한 번에 그들을 전부 다 정리해 버렸다.

쨍그랑!

"뭐 하는 새끼들이냐?!"

"네 모가지를 가지러 온 새끼다!"

퍼억!

"크허억!"

"사정없이 조져라!"

"크룩, 크룩!"

퍽퍽퍽퍽!

"커흑! 이런 괴물 같은 새끼들!"

"크룩, 크룩! 괴물에게 맞아 죽는 느낌이 어떤지 경험하게 해주지!"

강수는 4서클 마스터의 마력과 드래곤 하트의 용언을 흡수하여 마련된 능력으로 오크 100마리를 추가로 소환했다.

이번에 그의 심장은 폭주하지 않았고, 하이오크 두 마리가 섞여 소환되었다.

그 덕분에 강수의 전력은 한층 더 단단해진 상태였다.

강수는 심장에 만들어진 네 개의 완벽한 고리를 이용하여 환수강화마법을 시전했다.

우우우우우웅!

'강!'

환수강화는 소환수의 전투력과 지능을 높게 만드는 효과가 있는데, 4서클 이상의 소환사부터 그 마법을 사용할 수 있었다.

하지만 유지 시간은 강수의 마력과 비례하기 때문에 지금 당장 100마리의 오크를 5분간 강화하는 것이 한계였다.

그러나 이 5분 동안 오크들은 아주 영특하고 교활한 몬스터가 되어 인간들을 약탈할 것이다.

눈에서 푸른색 안광을 번쩍인 오크들은 강수의 환수강화마법이 만들어내는 오라에 홀려 한층 더 강력한 몬스터로 거듭났다.

"크룩, 크룩!"

"놈들을 구속해라!"

"크룩!"

그런 오크들은 일사불란하게 인간들을 위협하여 창고 구석으로 밀어 넣은 후 차량을 쇠사슬로 연결했다.

"크룩, 크룩!"

그리고 그 짐칸에 올라타 이곳을 빠져나갈 준비를 서둘렀다.

강수는 오크들이 상황을 모두 정리하자마자 미리 대기하

고 있는 운전기사들을 불러냈다.

"지금입니다. 들어오세요."

부산 인력시장에서 15만 원을 주고 고용한 그들은 각자 지정된 차량에 탑승해 시동을 걸었다.

부르르르릉!

여기서 탈취한 차량은 남해에서 서해를 거쳐 평택으로 향할 것이다.

배를 이용하여 이동시킨 후 평택 물류창고에 보관하였다가 다시 청주로 옮긴다는 것이 강수의 계획이다.

그 계획의 첫 번째 단추는 아주 제대로 끼워진 것 같았다.

"출발, 출발합시다!"

강수는 5톤 차량을 몰아 부산항에 대기하고 있는 화물선이 있는 5번 터미널로 향했다.

* * *

강산물산 청주 본사에는 200명의 정직원, 150명의 일용직 인부들이 물류 활동을 하고 있다고 서류에 명시되어 있다.

하지만 실상 10만 평에 달하는 부지에 있는 물류 시설은 창립 이래로 단 한 번도 제대로 가동된 적이 없었다.

다만 이곳을 관리하는 경비원들만이 하루에 총 네 번 순찰을 돌며 건물을 대충 관리할 뿐이었다.

기계를 비롯한 기타 장비들은 5년 이상 가동되지 않았기 때문에 새 제품 그대로의 모습을 유지하고 있었지만 과연 제대로 가동이 될지는 의문이었다.

강수는 이곳에 150대가 넘는 차량과 컨테이너박스를 차례로 끌고 와 쌓아놓기 시작했다.

삐비비비빅!

“왼쪽으로 틀어서 후진!”

경광봉을 잡은 강산파 조직원들이 운전기사들을 유도하여 주차장을 꽉 채웠다. 그리고 컨테이너 야적장에도 질서정연하게 물건을 정리해 두었다.

전문적인 지식이 없더라도 물건을 정리하거나 차의 줄을 세우는 일은 무난하게 할 수 있으니 문제될 것이 없었다.

경비원들은 5년 만에 처음으로 회사를 찾은 사장을 신기하다는 듯이 쳐다보았다.

“회사가 다시 돌아가려나?”

“그러게 말이야.”

청주 외곽에 위치한 강산물산은 항상 굳게 닫혀 있는 현관문 때문에 인근 초등학교와 중학교 사이에선 귀곡성으로 불리기도 했다.

가끔은 비행청소년들이 담장을 넘어와 음주와 흡연을 하

기도 했지만 지금까지 큰 피해는 없었다.

그나마 네 명의 경비원이 언젠가는 회사가 제대로 움직일 것이라는 믿음을 갖고 일했기 때문이다.

김명두와 그의 부하들이 경비원들에게 다가가 물었다.

"요즘 이 근처에 사람이 얼마나 돌아다녔습니까?"

경비원들은 당연하다는 듯이 답했다.

"이 근처에 사람이라곤 우리와 비행청소년들밖에 더 있겠소? 잘해봐야 택배사원뿐이지, 뭐."

"참, 택배회사에 택배사원이라니 말도 안 되는 소리지."

"으음, 그렇군요."

물류회사에 택배사원이 들락날락거리다니 어지간히도 인적이 드물었다는 소리다.

이제 이곳에 있는 물류 시설을 철수시킨다고 해도 별 탈이 없을 것이다.

그는 강수에게 전화를 걸었다.

"형님, 작업 마쳤습니다."

―수고했다. 이쪽도 거의 마무리되어 간다.

"연락 주시면 곧바로 중국으로 건너가겠습니다."

―그래, 알겠다.

전화를 끊은 그는 중국으로 보낼 조직원들을 선별하기 시작했다.

*　*　*

부산 밀항파를 급습하여 압수한 트럭을 청주로 올려 보낸 강수는 강산건설의 남은 재산을 회수하기 위해 울산으로 향했다.

울산 야적창고에 보관되어 있는 중장비의 가치는 약 300억 원, 모두 양만철의 비자금으로 사용될 물건이다.

강수는 강산건설 최대주주가 발행한 위임장을 들고 울산 야적창고를 찾았다.

이곳에는 경매나 공매에 넘겨지기 전에 대기하고 있는 타워크레인과 포클레인 등이 보관되어 있었다.

야적창고를 관리하는 사람들은 일정의 금액을 받고 물건을 보관해 주는 보관업자이다.

위임장을 가지고 왔으니 당연히 물건을 넘기는 것이 맞았다.

"물건을 찾아가시게 되면 밀린 보관료를 내셔야 합니다."

"얼마나 됩니까?"

"총 4억, 그중에서 선불로 지불하신 2천을 제외한 3억 8천을 주셔야 합니다."

물건을 보관하고 받는 돈치곤 상당히 비싼 편이지만 이곳은 그만큼 물건 관리와 신분 세탁을 철저히 해주는 곳이다.

당연히 돈을 많이 받을 수밖에 없었다.

강수는 그 돈을 전액 현금으로 치르고 영수증은 받지 않기로 했다.

"맞습니까?"

"잠시만 기다려 주십시오."

보관업자는 강수가 보는 앞에서 지폐개수기에 3억 8천만 원을 넣고 개수를 시작했다.

타라라라라라라라라락!

총 20개의 개수기가 강수의 돈을 일사불란하게 정리했다.

약 10분 후, 개수를 끝낸 보관업자가 강수에게 야적창고의 열쇠 뭉치를 건넸다.

"물건을 가지고 가시는 것은 알아서 하셔야 합니다. 아시죠?"

"물론입니다."

"괜찮다면 물건을 옮길 트레일러는 불러드릴 수도 있습니다만."

"아닙니다. 저희가 가지고 가겠습니다."

강수가 말을 끝내기가 무섭게 야적창고단지 안으로 100대의 차량이 줄지어 들어섰다.

이들은 타워크레인을 비롯한 중장비들을 각자 분해하여 트럭에 싣고 청주를 거쳐 평택항으로 향할 것이다.

이윽고 강수는 그에게 웃돈으로 1천만 원을 건네주며 말했다.

"혹시나 드리는 말씀입니다만, 제가 물건을 가지고 갔다는 것은 비밀입니다."

"물론입니다. 흔적을 남기지 않는 것이 우리의 철칙인데 누구에게 발설하겠습니까?"

"그래도 부탁드립니다."

"됐습니다. 돈은 받지 않겠습니다. 그만 가시지요."

"알겠습니다."

이 업계에도 나름대로의 룰이 있는 모양인지 그는 돈을 받지 않고 강수를 돌려보냈다.

* * *

중국 상하이의 한 카페.

이곳에서 중국 왕진물산의 인수 합병이 진행되고 있었다.

왕진물산은 강수가 설립한 강수건설개발에 인수 합병되어 계열사로 자리를 잡을 예정이다.

계약을 위해 강수와 마주 앉은 왕진물산의 사장 주헤이싱은 시가 총액 2천 8백만(한화 50억 상당) 위안가량의 회사를 855만 위안(한화 15억 상당)에 매각하기로 했다.

수많은 물산 중에서도 왕진물산은 그 내실이 엉망진창에 사실상 유명무실한 회사였다.

그렇기 때문에 지금 회사를 매각한다고 해도 2천만 위안은 커녕 5백만 위안(한화 10억 상당)조차 건질지 의문이었다.

이에 강수는 주혜이싱이 회사의 빚을 모두 떠안고 850만 5천 위안에 왕진물산을 인수한다는 조건을 내걸었다.

주혜이싱의 입장에선 자신이 진 빚을 모두 삭감하고도 남을 정도의 금액을 제시했으니 당연히 회사를 넘기기로 한 것이다.

"회사의 자산은 200만짜리 건물 한 채에 한국산 트럭이 총 50대군요?"

"건물에 물류 라인이 다 잡혀 있어서 아마 택배회사를 차려도 될 겁니다."

"좋습니다. 이쯤에서 마무리 짓죠."

등기부등본까지 모두 확인한 강수는 채무를 주혜이싱에게 모두 다 넘기고 회사를 인수했다.

이로써 강수는 모회사 강수건설개발에 자회사 왕진물산을 소유하게 되었다.

주혜이싱은 강수에게 악수를 청했다.

"아무쪼록 회사를 잘 부탁합니다. 그래도 저희 아버지께서 설립하시고 제가 애지중지 키운 회사입니다."

"물론이지요."

이제 왕진물산은 강수물산으로 이름을 바꾸어 강산물산의 재산을 비밀리에 인수하게 될 것이다.

그렇게 되면 명의를 두세 번 돌린 꼴이 되기 때문에 제아무리 정보력이 좋은 양희진이라도 강수의 꽁지를 잡을 수는 없을 것이다.

이제 강수는 다른 회사를 인수하기 위해 일본으로 향했다.

일본 마사히로 건설의 대표이사 사이스케 마사히로는 시가총액 10억 엔의 회사를 절반인 5억 엔에 내놓았다.

하지만 일본의 경제 침제와 함께 인수 합병 시장의 불경기가 겹치면서 5억 엔에 책정되었던 회사는 그 절반인 2억 5천 엔으로 다시 떨어져서 내몄나.

강수는 이 회사를 2억에 절충하여 전액 현금으로 인수하기로 했다.

그는 협상에 필요한 금액을 전액 원화로 바꾸어 그에게 전달했다.

"원화로 20억입니다. 어떻습니까?"

"뭐, 나쁠 것 없군요."

요즘 원화가 한창 강세인 것을 감안하면 인수 금액을 엔화로 받는 것보다는 원화로 받는 것이 나을 것이다.

이것을 가지고 그 어떤 나라에 가서 환전하던 사이스케의 입장에선 이득이다.

엔화의 가치가 낮을 때엔 원화처럼 화폐 가치가 점점 더 오르는 안정적인 국가의 돈을 가지고 있는 편이 낫다.

그는 자신이 꿈꾸고 있는 두바이 행을 결행시키기 위해 아버지의 유산인 회사를 무단으로 팔아먹기로 했다.

하지만 그것은 회사를 좀먹기 위해 혈안이 되어 있는 두 명의 이사를 물 먹이는 일이기도 했으니 어쩌면 잘한 일이라고 할 수도 있었다.

"중장비와 건물이 자산으로 잡혀 있는데, 부채는 그쪽에서 떠안는 것이지요?"

"물론입니다."

이미 뒷조사까지 모두 마친 강수는 계약서에 도장을 찍었다.

강수는 일본에 강수건설의 지사를 설립했는데, 그 지사 건물을 마사히로 건설의 구 본사 건물로 대체했다.

그리고 이곳에 강산건설의 자산을 모두 귀속시킨다면 한국에선 제대로 추적하기 힘들 것이다.

"자, 그럼 받을 것 받고 가시면 되겠군요."

"하하, 그럼 그럴까요?"

깔끔하게 5만 원권으로 마련한 대금을 받은 사이스케는 곧장 자리에서 일어섰다.

강수에게 사기를 친 것은 없지만 혹시라도 누가 돈을 빼앗아갈까 봐 걱정이 되었던 것이다.

그는 지금 도박 빚으로 총 1억 엔의 빚을 지고 있었다.

아마도 야쿠자들이 그를 발견하게 된다면 가만히 내버려두지 않을 것이다.

"전 이만!"

"잘 사십시오."

거래를 끝내자마자 멀어지는 그를 바라보며 강수는 고개를 가로저었다.

"죽지나 말았으면 좋겠군."

강수는 한심한 인생이 제2의 도약을 시도하길 바랐다.

* * *

법원 경매가 이뤄지는 현장.

김명두는 오늘 경매로 나온 중고 상선 열 척을 수주했다.

이것은 울진의 항구로 옮겨 수리와 개조를 마친 후 다시 중국으로 옮겨져 강수물산에 귀속될 예정이다.

강수물산은 해상물류와 항만시설까지 확충시켜 원자재 회사를 본격적으로 출범시킬 예정이다.

강수는 자신이 동원할 수 있는 최대의 인력을 마나의 아공간에서 동원하기로 했다.

500마리의 오크와 1,000마리의 고블린. 강수가 동원한 몬스터들은 하이오크에게 훈련을 받은 후 곧장 현장에 투입될 예정이다.

강수의 드래곤 하트가 점점 자리를 잡아감에 따라 그의 용언으로 묶인 소환수들은 그 명령에 절대적으로 복종하게 된다.

"키헥, 키헥……."

일반적인 남성에 비해 키가 3분의 2 정도인 고블린은 오크보다 지능이 높지만 인간에 미치진 못한다.

하지만 고블린들 중에서도 지능이 유난히도 높은 하이고블린들은 가끔 인간들처럼 도구를 개발하기도 했다.

강수는 자신의 앞에 선 하이고블린들에게 충성 맹세를 받았다.

"키헥, 마스터, 충성을 다하겠습니다."

"키헥, 마스터, 목숨을 바치겠습니다."

하이고블린은 덩치가 인간 남성에 미치지는 못하지만 근력은 거의 오크와 맞먹을 정도이다.

이들은 고블린들이 만든 군대의 백인대장 역할을 하는데, 지금 강수에게 고개를 조아리는 녀석들은 그런 하이고블린 중에서도 최상위 계층이다.

아마도 놈들이 고향으로 돌아간다면 장군 소리를 들을지

도 모를 일이다.

강수는 총 50마리의 하이고블린의 팔에 자신의 용언이 담긴 문신을 새겼다.

치이이이이익!

"키으으윽……."

"내 명령을 따르고 내게 귀속된다는 표식이다. 너희의 능력을 증강시키는 일이기도 하니 참아라."

"키헥, 예, 마스터."

50마리의 하이고블린에게 모두 문신을 새겨 넣은 강수는 이제 그들에게 하이오크들과 함께 부하들을 훈련시킬 것을 명령했다.

"하이오크들은 이미 고등 지식을 모두 마스터했다. 그러니 상관이라고 생각하고 따라라."

"키헥, 하지만 오크들은 좀……."

"만약 오크들에게 불만이 있다면 정식으로 경쟁해서 지휘를 쟁취하라. 하지만 그전에 반란을 일으킨다면 너희 종족은 몰살당할 것이다."

"키헥, 예, 마스터."

오크들과 고블린은 사이가 썩 좋지 못한 종족이지만 강수의 명령이 있는 한 싸움은 벌어지진 않을 것이다.

그들은 하이오크들이 부하들을 훈련시키고 있는 곳으로

향했다.

고블린이고 오크고 강수가 주입시킨 현대식 군대교육에 완벽하게 적응하여 일주일 만에 명령에 제대로 따를 수 있을 정도가 되었다.

강수는 약 2천에 이르는 오크와 고블린을 열 척의 상선에 나누어 싣고 랄프와 함께 상선 수리에 투입시켰다.

오크들은 거대한 자재를 나르고 고블린들은 망치질이나 대패질 같은 잡일을 하면서 합을 맞추었다.

하이오크들과 하이고블린 역시 그들과 함께 일하면서 혹시나 마찰이 일어나지 않도록 신경 썼다.

랄프는 상선의 엔진과 누수 등을 점검하고 수리하는 데 총이 주일 정도를 소요했고, 그동안 강수는 청주에 있는 물류장비를 트럭에 실어 평택항으로 옮겼다.

바로 내일이면 배가 도착하기 때문에 강수는 모든 물량을 출항 대기 상태로 보관했다.

이미 김명두와 조직원들은 중국과 일본으로 각각 나누어 나간 상태이고, 강수는 통관까지 마치고 중국행을 준비했다.

출항 당일, 강수는 울진에서 한반도를 반 바퀴 돌아 도착한 상선 열 척에 물량을 모두 실었다.

그는 작업장과 수목원에 빼놓고 온 물건이 없는지 꼼꼼히 살폈다.

"물건은 다 챙겼겠지?"

"물론."

"좋아, 그럼 출발하자고."

강수는 2천의 인부와 장비들을 싣고 중국으로 향했다.

* * *

중국 상하이에 위치해 있던 왕진건설은 그 본거지를 매각하고 광저우로 옮겼다.

광저우 외곽에 위치한 1만 평 부지에 건평 1천 평의 부동산을 매입한 강수는 이곳에 자신의 모든 자신을 적재시켰다.

이제 강수의 본거지는 중국 광저우로 옮겨졌으며, 건상원만이 정선에 남아 배송을 계속하게 될 것이다.

그는 첸징런의 소개로 만나게 된 부동산업자 찐짜이핀에게서 중국 벌목 허가 산지와 각종 광산을 중개받기로 했다.

산지 하나당 한국 돈으로 1억 원 상당. 하지만 그가 한국에서 구매한 부지에 비례하면 족히 20배는 될 것이다. 더군다나 전나무나 떡갈나무를 비롯한 100가지의 나무가 자생하고 있었다.

광산은 철광과 구리 광산, 대리석 광산, 석회석 광산까지 아주 다양한 종류의 광산이 개당 2억에 넘겨질 예정이다.

그가 인수하게 될 물건은 산지 15개에 광산 20개로 총 55억 상당이다.

강수가 이렇게까지 저렴한 가격에 부동산을 인수할 수 있었던 것은 모두 첸징런의 입김 덕분이었다.

찐짜이핀은 첸징런에게 수많은 사업을 수주받아 부동산중개를 하고 있었는데, 그 규모가 무려 1천억 규모였던 것이다.

그는 강수에게 등기부 이전까지 모두 마친 권리증을 건넸다.

"잔금은 이미 다 치렀다고 들었습니다. 이제 권리만 행사하시면 됩니다."

"감사합니다."

찐짜이핀은 강수에게 인력업자들의 명함을 건넸다.

"여기서 인력을 조달하면 가격이 쌉니다."

하지만 강수는 고개를 가로저었다.

"아닙니다. 제가 인력을 구해놓은 루트가 있습니다. 걱정하시 마십시오."

"으음, 그렇군요."

그의 입장에선 강수에게 한 푼이라도 더 남겨먹어야 이득일 텐데 더 이상 남겨먹을 것이 없을 듯했다.

"알겠습니다. 그럼……."

강수에게 서류를 전달하기 위해서 찾아온 그는 이내 돌아섰다.

55억을 들여서 사업지를 구매한 강수는 하이오크와 하이 고블린들에게 각각 50마리의 인력을 할당해 주었다.

그리고 그 인력을 이용하여 벌목과 채광을 할 수 있도록 교육을 시켰다.

채광산업과 벌목사업에 동원되는 개인 장비와 중장비는 최고 수준으로 그 규모만 무려 40억에 달했다.

물론 중장비는 대부분 건설회사에서 동원한 것들이다.

강수는 여기서 나오는 원자재를 한국으로 역수출하여 원화를 벌어들이고 그를 통해 다시 일본과의 교역을 꾀할 생각이다.

그리고 거기에서 또 이득을 취한다면 베트남을 비롯한 동남아 능지로 진출할 계획이다.

강수건설개발을 안정화시키기 위해 동분서주하던 강수는 막간을 이용하여 김명두와 술자리를 가졌다.

두 사람은 벌목지에 마련된 오두막에서 닭백숙에 고량주를 마셨다.

"들지."

"감사합니다."

강수는 김명두의 가족을 대도시로 옮기고 그 모친은 본격적인 치료를 받도록 했다.

동생들은 모두 전액 무료로 대학까지 졸업하게 되었고, 앞으로 회사가 발전하면 고액 연봉으로 고용하기로 했다.

김명두는 강수의 앞에 무릎을 꿇었다.

턱!

“이제 저를 죽이셔도 됩니다.”

“무슨 소리냐?”

“죽어도 여한이 없다는 소리입니다. 죗값을 치르게 하겠다고 하셨으니 그 뜻대로 하십시오.”

강수는 고개를 가로저었다.

“일어나라. 너와 함께할 일이 많다.”

“사장님…….”

“형님이라고 불러라. 앞으로 너는 이 세상에 진 빚을 차근차근 갚아나가면서 사람이 될 것이다. 그 갱생을 첫 번째로 지켜본 내가 증인이 되어주겠다.”

“감사합니다!”

“마시자.”

“예, 형님!”

이제 김명두는 강수의 진정한 충복이 되기로 마음속 깊이 다짐했다.

형제가 된 기념으로 술을 한 잔씩 마신 강수는 그에게 양희진의 소식을 물었다.

"그 여자는 어떻게 되었나? 네 가족에게 해코지를 할 것 같지는 않나?"

"아직까진 잠잠합니다."

"만약 여자가 해코지를 할 기미가 보인다면 내 가족과 네 가족을 일본이나 중국으로 옮기자."

"예, 형님. 그렇게 하겠습니다."

김명두는 양희진이 어떻게 행동할지에 대해 계속해 예의 주시하는 중이다.

"아마도 양희진은 형님을 찾아 더 집요하게 파고들 겁니다. 만약 그때 해결사가 동원되면 어떻게 할지 난감합니다."

"그건 걱정하지 마라. 내가 알아서 처리할 테니."

김명두는 강수의 무지막지한 전투력을 두 눈으로 직접 보았다.

"예, 알겠습니다."

강산보다 훨씬 더 의리 있고 능력 있는 보스를 만났으니 김명두는 이제 진짜 날개를 펼칠 수 있을 것이다.

* * *

강수가 모든 작업을 마쳤을 때쯤, 한국에서는 카지노 부지가 선정되었다.

[제2카지노 부지 태백으로 선정!]

[태백에 금싸라기 땅, 대박이 터지다.]

인터넷 기사를 통해 소식을 접한 양희진은 정보원들과 정부 각처의 인사들에게서 사실을 확인했다.

콰앙!

"이런 빌어먹을!"

그녀는 지금까지 이곳에 자신이 가진 자금과 인력을 모두 쏟아부었고, 결국에는 쓰디쓴 참패를 맛보게 되었다.

그녀는 아마도 총괄이사 자리에서 물러서야 할 것이다.

"제기랄! 제기랄!"

분노에 찬 욕설을 내뱉던 그녀는 이내 차분하게 가라앉은 눈으로 마음을 다잡았다. 그리곤 휘하의 부하들을 모두 소집시켰다.

"찾으셨습니까?"

"지금부터 이사회 정리를 시작한다."

"예, 알겠습니다."

그녀는 자신의 자리가 불안해지면 곧장 이사회를 정리할 계획을 세우고 있었다.

이제 그 계획을 실행할 시기가 온 것이다.

부하들이 본격적으로 움직였고, 그녀에게 전화가 한 통 걸려왔다.

―김예성이다.

"무슨 일이냐?"

―아무래도 꼬리를 잡은 것 같다.

순간 그녀는 이를 악문 채 미소를 지었다.

"…그렇군. 후후, 후후후!"

―일단 놈을 확실하게 붙잡은 후에 연락하겠다.

"그래, 수고했다."

이윽고 전화를 끊은 그녀는 한결 가벼워진 발걸음으로 이사회 정리에 나섰다.

『현대 소환술사』 4권에 계속…